悪役令嬢!? それがどうした。王子様は譲りません!!

月神サキ

Illustration
なおやみか

gabriella books

悪役令嬢!?　それがどうした。王子様は譲りません!!

contents

序章　王子様は譲らない

それは私――ローズマリー・ウェッジウォードが九歳の時だった。

赤とピンクで統一された自室、そのソファでお茶をしていた時、はたと気づいたのだ。

「えっ、私乙女ゲームの世界に転生してる⁉」

と。

それまでなんの疑問も抱かず公爵家の令嬢として育ってきたのに、何故か突然、頭の中に前世の記憶とゲーム知識が蘇《よみがえ》った。

当然、膨大な情報量を九歳の女児が受け止められるはずもなく、その場に倒れた私は三日三晩、熱を出し、魘《うな》された。

そうして四日目の朝、熱が下がると共に情報の整理もできた私は、寝室のベッドで頭を抱えたのだ。

――どうしてこうなった。

心境を語るとすればこんな感じ。

でも、そう思うのも仕方ないことだと思う。

前世で私が生きてきたのは日本という国。そこで私は学生として大学に通っていた。

趣味は乙女ゲーム。

見目麗しい男性キャラたちとの恋模様を楽しむことができるそれに、私はバイト代のほとんどをつぎ込むほどハマっていた。

中でも一番好きだったのが『恋する学園』というタイトルのゲームである。

文字通り、学園生活の中でヒーローと恋に落ちるというコンセプトのゲームなのだけれど、驚くことに私はこのゲーム世界に転生したようだった。

「うっそでしょ」

己の置かれた現状が信じられなくて、首を左右に振る。

だけど、私が『恋する学園』の世界に転生したのは間違いない。

上手《うま》く説明はできないけど「そうだ」という絶対的な感覚があるのだ。

それに私が転生したのが、ゲームの主要キャラのひとりだったから。

しかもそのキャラというのが――。

「最悪。ローズマリー・ウェッジウォードって、悪役令嬢じゃない……！」

やるせない気持ちをぶつけるように、近くにあった枕に拳を叩《たた》き込《こ》む。

悪役令嬢ローズマリー・ウェッジウォード公爵令嬢。

彼女はメインヒーローである王太子の婚約者で、ヒロインのお邪魔キャラとして登場する。

厭味《いやみ》で高飛車。

金髪碧眼《へきがん》、スタイル抜群の見惚《みと》れずにはいられない美女で、物語にスパイスを与えてくれる存在ではあるが、その役割と性格からプレイヤーたちには嫌われていた。

私もそのひとり。

プレイしながらいつも「ローズマリーって本当に邪魔」と思っていた――のに。

「よりによって悪役令嬢に転生とか……」

がっくりと項垂《うなだ》れる。

好きなゲーム世界に転生したのはまあよしとするにしても、ローズマリーはない。

特に私はローズマリーの婚約者にしてメインヒーローであるヘルムートという王子が最推しだったので、余計に今の状況が受け入れられなかった。

「ヘルムート様に嫌われるとか無理……」

力なく呟《つぶや》く。

ヘルムート・ローデンは、我が国、ローデン王国の第一王子にして王太子。

私と同い年で、つい先日、父の力で婚約者になった。すでに顔合わせも済ませている。

まだ九歳にもかかわらずその美貌は圧倒的で、面食いの私は彼の婚約者になれたことをとても嬉《うれ》しく思っていたのだけれど、ゲーム通りに話が進むのなら婚約は履行されず、彼に捨てられることになる。

その理由は簡単で、我《わ》が儘《まま》で高飛車なローズマリーをヘルムートは好ましく思っていなかったから。

実際、ゲームをプレイしたからヘルムートの選択は理解できるが、捨てられるのが自分となると話は変わる。

だってヘルムートは私の最推し。

前世でゲームパッケージを見た時の衝撃は今でも思い出せる。

白い軍服を着てパッケージの中央で微笑《ほほえ》むヘルムートに、私の恋心は攫《さら》われたのだ。

特に軍帽が死ぬほど似合っていて、軍服フェチの気があった私は完全にノックアウトされた。

二次元の存在と分かっていても恋い焦がれていたのだ。

その彼とせっかく婚約者になれたというのに嫌われて捨てられるとか冗談ではないし、そもそもヒロインにヘルムートを譲りたくない。

転生前に好んで読んでいた『悪役令嬢転生もの』の小説や漫画では、乙女ゲームの悪役令嬢に転生したヒロインが、自身の破滅を逃れるために婚約者のヒーローをヒロインに譲ろうとする話がよくあった。

そのあと悪役令嬢には別の国の国王とか王子とか、もっと上位の存在に溺愛される……的な展開が待っているのだけれど、私はそんなのは望まない。

私が欲しいのはヘルムートだ。

前世の最推しをヒロインに譲るなど絶対にお断りである。

「そうよ。奪われたくないのなら断固として戦う。これしかないわ」

すっくとベッドの上に立ち上がる。

行儀が悪いことは分かっていたが、許してほしい。

今はそんなこと気にしている余裕はないのだ。

拳《こぶし》を握り、決意を込めて呟いた。

「……ヒロインと戦い、今の婚約者という地位を守り通して、ヘルムート様と結婚する。これが私の今世の目標。そのために私は良い子になる……！」

高飛車で厭味だったローズマリーをヘルムートは厭《いと》っていた。

それならば、そうならなければいい。

しかも私はまだ九歳で、幸いなことにそこまで高慢な性格にはなっていない……はずだ。

きっとこれから大人になるにつれ、ローズマリーの性格は歪《ゆが》んでいくのだろう。そうなる前に記憶を思い出せて助かった。

ヘルムートにすでに嫌われた状態でスタートとか無理すぎる。

「ゲームが始まるまで、まだ十年弱あるもの。きっとなんとかなるはず」

できればゲームが始まるまでにヘルムートとは恋人関係になっておきたいところだ。

彼のパーソナルデータは覚えている。それを利用すれば不可能ではないはずだ。

使えるものは何でも使うし、やれることは何でもやる。

「絶対にヘルムート様と結婚してみせるんだから‼」

声高に叫ぶ。

彼を得るためなら血の滲《にじ》むような努力だってしてみせる。
記憶を取り戻した日、私はこう決意した。

第一章　子供の浅知恵

将来の目標を高く掲げた私は、早速行動を開始することにした。

やらなければならないのは、ヘルムートの好感度を上げること。

交流を重ね、彼にとって好ましい存在になる。

「好ましい存在……それはヘルムート様の好みの女性になるということよね」

寝室を出て、寝衣のまま隣の主室へ向かう。

私の部屋は、主室と寝室の二部屋で構成されているのだ。

広い主室は、物語のお姫様が住んでいるかのようにキラキラしている。

暖炉があり、その前にはクラシカルかつ豪華なソファ。赤い絨毯《じゅうたん》はフワフワとしていて、その上でも眠れそうだ。

窓がいくつもあり、レースのカーテンを通して光が入ってきている。

家具はどれも繊細なデザインで、職人の腕の良さが伝わってくる。

それらは全て私が父に強請《ねだ》って買ってもらったものなのだけれど、改めて見ると恐ろしいほど凝っていて、非常に高価な品であることが分かった。

これら全て、与えられることを当然と思っていたのだから、将来、高慢な女になる下地はすでにあったわけだ。

我ながら恐ろしい話である。

「ま、まあ、記憶を思い出したからにはそんなことにはならないし」

自分にいいわけしながら、机へと向かう。引き出しを開けて紙の束を取り出した。

椅子に座り、羽根ペンを持つ。

これから自分がどうするべきか、書き出してみようと思ったのだ。

「ヘルムート・ローデン、と」

まずは婚約者であり最推しの名前を紙に書き付ける。

ヘルムートとはすでに数回会っている。

婚約者として、最低でも週に一度は交流することが義務づけられているからだ。

そのため私は毎週登城しているのだけれど、たぶん彼は私に興味がない。

ヘルムートとの婚約は、私の父が強引に進めたもの。

彼が積極的に望んだわけではないのだ。

だからか、会話をしても上辺だけだった。

そして幼心にも、いくら優しくても相手にされていないことを感じ取っていたのだろう。彼と会うたび、癇癪《かんしゃく》を起こしていたことを思い出した。

「……いや、事情は分かるけど、だからといって癇癪を起こすのは違うでしょう」

そういうことの積み重ねで、ローズマリーはヘルムートに嫌われていくのではないだろうか。

少なくとも私は、毎度癇癪を起こすような婚約者は御免被りたい。

「そこは……うん、反省しよう。ヘルムート様は義務で私に付き合ってくださっているわけだから、むしろ感謝しないと」

王太子として忙しいだろうに、どうでもいい婚約者のために時間を割いてくれているのだ。

もっと私は己の立場を理解しなければならない。

「で、反省したところで、今後の出方だけど……」

ヘルムートの性格を思い出す。

ゲームのプロフィールで彼は誰にでも優しく、公平な男と書かれていた。

穏やかで王太子としての資質に溢《あふ》れた、眉目秀麗で非の打ち所がない王子。

まさにメインヒーローに相応《ふさわ》しい男である。

そんな男をヒロインはどうやって落とすのか。

思い出してみたが、交流を重ねるうちにお互い徐々に惹《ひ》かれていって……みたいな感じで、具体的に『これ』というのがなかった。

「……ええ？　なんの参考にもならないじゃない」

具体的なエピソードがあるのなら、それを先に利用すればいい。

そう思ったのにいくら思い返してみても『自然と距離が縮まった』以外なかった。

「くっ……これでヘルムート様を奪われるとか、私がどれほど嫌われていたかって話よね」

よほどヘルムートはローズマリーにうんざりしていたのだろう。

だから性格の悪くない、悪役令嬢とは真逆のヒロインに惹かれた。

そうとしか考えられない。

「うぐう……」

悩みに悩んだが、結局、ヘルムートを落とすための決定的な策は思い浮かばなかった。

大体、優しく欠点のない男をどう落とせというのだ。

悪役令嬢たる私に『お互い徐々に惹かれていって』は無理ゲーすぎる。

「……もういい。こうなったらガンガン押す。それしかない」

ヘルムートの名前だけを書いていた紙をくしゃくしゃに丸め、屑籠《くずかご》に捨てる。

何も思いつかないのなら、下手な小細工はなしだ。

私のこの猛《たけ》る想《おも》いを直接伝える。

私がどれほどヘルムートを想っているのか、彼に分かってもらうのだ。

なにせ今のヘルムートの態度では、こちらに目を向けてもらえるのがいつになるのか分からない。

押しに押して、彼の興味を私に向けさせる。

まずはそこから。次のことはそれから考えればいい。

「よし、まずは来週の顔合わせ……というかお茶会ね。私の気持ちをヘルムート様に分かってもらうぞー！」

えいえいおーと拳を上げる。

ちょうどそのタイミングでメイドがやってきた。

朝になったので、寝込んでいた私の様子を見にきたのだろう。

そんな彼女は拳を振り上げている私を見て「……お嬢様。もう少しお休みになった方が宜《よろ》しいのでは？」と、たぶん私でもそう言うだろうなと思う当然の感想を述べた。

◇◇◇

前世の記憶を取り戻し、雑な作戦を立ててから早くも一週間が経《た》った。

今日は待ちに待ったヘルムートとのお茶会の日。

私はレースとフリルがたっぷりの赤いドレスに身を包み、公爵家所有の馬車に乗った。

真っ赤なドレスなんて如何《いか》にも悪役令嬢という感じだが、気にしない。

ドレスを地味にしたところでヒロインになれるわけでも、捨てられフラグが折れるわけでもないのだ。

好きなものは好きでいいと思うし、なんといっても私には赤が似合う。

せっかくなら似合うものを着て、好きな人の前に立ちたいと考えていた。

「こちらで殿下がお待ちです」

案内の兵士に通されたのは、王城の中庭だった。

コスモスやダリア、薔薇《ばら》やガーベラといった季節の花が咲いている。

今日は過ごしやすい気温だから、外でお茶をしようというのだろう。

中庭には円柱型のガゼボがあり、そちらを見れば、女官たちがお茶の支度をしていた。

ガゼボの中にあるベンチにはヘルムートが座っている。

「わ……」

まだ九歳の少年だというのに非常に絵になる様だった。

彼は読書をしているようで、本に目を落としている。陽光を受けた金色の髪が顔に掛かり、なんともいえない色気を醸し出していた。

青い瞳が少し伏せられた様が麗しい。

――こ、これがメインヒーローのヴィジュアル……！

子供時代でこれなら、大人になればどうなってしまうのか。

絶対にヒロインにはあげられないと決意を固くした。

「……こんにちは、ヘルムート様」

少し躊躇《ちゅうちょ》したが、勇気を出して彼の名前を呼ぶ。

今気づいたとばかりにヘルムートが顔を上げた。こちらを見て、微笑む。

「やあ、ローズマリー」

――ああっ……！　格好《かっこ》いい‼

子供であろうと最推しに微笑みかけられているという事実に顔が赤くなるが、これは私だけに向けられた特別の笑みというわけではない。

彼は誰が相手でもこうなのだ。

そもそも、毎度癇癪を起こす私相手に笑い掛けられる時点ですごすぎる。

ヘルムートは立ち上がると、私の顔を見つめてきた。

「そういえば先週、熱を出したって聞いたよ。もう大丈夫なのかな」

「はい、すっかり回復しました。今はこの通り元気です」

どうやら体調を崩したことを知っていたらしい。

声を掛けてくれたことが嬉しかったが、おそらく本心からではないだろう。特に心配そうな声音ではなかったし、どちらかというと『どうでもいい』感を強く感じた。

婚約者の体調を心配するのは当然だから、言葉にしたというのが正解のように思う。

少し悲しいけれど、興味を抱かれていない現状ではこんなものだろう。

大丈夫、これから私が変えていけばいいのだ。

「ご心配ありがとうございます」

気を取り直し、笑顔でお礼を言う。

ヘルムートは頷《うなず》き、周囲の花に目をやった。

「それじゃあお茶にしようか。今日は天気がいいから、外にしてみたんだ」

「そうなんですね。とても素敵なアイディアだと思います」

席に案内され、腰掛ける。

用意されていたのは、三段のケーキスタンドだった。

一段目にサンドイッチやマリネ、肉のパイといったセイヴォリーが、二段目にはスコーンが載っている。

三段目には葡萄《ぶどう》や栗《くり》が使われたケーキやゼリーがあり、なかなかお腹《なか》が膨れそうだ。

「どうぞ、召し上がれ」

「いただきます」

ドキドキしながら、スコーンに手を伸ばす。

王城の料理人が作ったアフタヌーンティーはとても美味《おい》しかった。どれも満足度が高かったが、肝心のヘルムートとの会話だけは上手くいかない。

どんな会話をしようとも、はぐらかされるのだ。

「ヘルムート様は、どのような食べ物が好きなのですか？」

「うーん、特別好きなものはないかな」

「ヘルムート様は、先週はどのように過ごされたのですか？」

「特別なことは何もなかったよ。いつも通り、家庭教師と勉強していただけ」

暖簾《のれん》に腕押しとはまさにこういうことを言うのだろう。

何を聞いてものらりくらりと躱《かわ》される。

しかも私に興味がないからか、笑顔ではいてくれるが、自分から話を振ってこようとはしないのだ。

一緒にいる相手にこんな態度を取られれば、自制心のない九歳の女の子は怒るだろうし、癇癪だって起こすだろう。

必死に話し掛けてもまともに答えが返ってこなければ、気持ちだって折れるというもの。

だが、私はこれまでの私とは違うのだ。

前世の記憶を取り戻し、ある程度事情が分かっている。

——そう、そうよね。ヘルムート様は私のことが好きでもなんでもないんだから。

そんな相手のために時間を割いているのだ。

多少、対応が塩だとしても我慢しなければならない。

己を落ち着かせるように息を吐く。

負けるものかと、引き続きヘルムートに話し掛けた。

「え、えっと、王城のお花は綺麗《きれい》ですね。私、秋の薔薇って大好きです」

「へえ、そうなんだ」

「えっと、このドレスどう思います？　私、赤色が好きなんですけど」

「とても似合っているよ」

「ありがとうございます。それでその……ヘルムート様はどのようなドレスがお好きですか？　お好みがあるのなら、次回はヘルムート様好みのドレスを着てこようかなと思うのですけど」

「うーん。有り難《がた》い申し出だけど、特に好みはないよ。君が着たいものを着ればいいんじゃないかな」

「……」

――会話が……会話が続かないっ……！

さすがにめげそうになる。というか、ヘルムートの心のガードが堅すぎる。

これも私が悪役令嬢だからだろうか。

ヒロインが相手なら、ヘルムートはもっと会話をしてくれたのかなと一瞬思うも、無い物ねだりはできないし、頑張ると決めたばかりではないか。

――こ、こうなったら当初の予定通り、押せ押せで行くしかない。

そして少しでも興味を持ってもらうのだ。

栗のロールケーキを食べているヘルムートを見つめる。気づかれないよう深呼吸をした。

「ヘルムート様」

「ん、何？」

ヘルムートがこちらを向く。

好きではない婚約者が相手でも、きちんと顔を向けて話してくれるところはさすがだなと思いながら口を開いた。

「ヘルムート様、私、ヘルムート様のことが好きです」

ひと息に言い切る。

直接『好き』の言葉を告げた緊張で、心臓がバクバクと脈打っていた。

中途半端なことを言ってもヘルムートはこれまで通り流すだけだ。そう考えたから誤解も曲解もしようのない『好き』を告げたのだけれど、ヘルムートはどう返答するだろう。

「……」

バクバクの次はドキドキしてきた。

そっと胸を押さえ、ヘルムートを見つめる。

私の告白を聞いたヘルムートは目を瞬《しばた》かせ、これまで通りの笑みを浮かべた。

「うん、ありがとう。嬉しいよ」

――あ、ダメだ、これ。通じてない。

嬉しいという割には全く喜びの感じられない声音に泣きそうになったが、堪える。

たぶんヘルムートは本気にしていないし、私の気持ちなんてどうでもいいのだ。

――大丈夫。今はこれでいい。

自分に言い聞かせる。

私がすることは好意を隠さず、ヘルムートを本気で想っているのだとめげずに伝え続けること。

私の気持ちを信じてもらうこと。

こちらに興味を持ってもらえるよう努力を怠らないこと。

——できる。私ならやれるわ。

全てはヒロインにヘルムートを奪われないようにするため。

その努力は今日、今この時から始まるのだ。

できる限りの綺麗な笑みを浮かべ、ヘルムートに告げる。

「私、ヘルムート様の婚約者になれて、幸せです」

——見てろ。絶対に落としてやる。

心の壁が厚いのなら、それを越えられる情熱を注ぐだけのこと。

淡々と「それはよかった」と答えるヘルムートを見つめながら、私は絶対に諦めるものかと己の決意を新たにした。

◇◇◇

ヘルムートに好意を伝えようと決めてから一年が経った。

あれから私はことあるごとに「好き」という言葉を口にするようにしている。

会えば「会えて嬉しいです。好き」と言い、別れの際には「また一週間、ヘルムート様に会えないなんて寂しい。好きです」と告げ、もはや「好き」が渋滞している状態だ。

しかし敵も然《さ》る者《もの》。

一年言い続けても、ヘルムートの態度は全く変わらなかった。

相変わらず温度のない声で「ありがとう」と言ってくるだけ。

想像していたよりずっと心の壁は厚かった。

とはいえ、私に諦めるなんて選択肢は存在しないので、これからも頑張り続けるつもりだけれど。

最初は、どうでもいいと言わんばかりのヘルムートの態度に傷つきもしていたが、一年も好き好き言っていれば、大概慣れてくる。

今では塩対応をされても全くめげないまでになった。

知らないうちに、精神面が鍛えられていたようだ。

全く嬉しくないが、これもヘルムートを手に入れるためならば仕方ない。

「明日は、一週間に一度のお茶会～」

上機嫌で寝室にあるクローゼットを覗《のぞ》き込《こ》む。

私にとって、ヘルムートと会える日は何よりも楽しみなひととき。

彼に少しでも可愛《かわい》いと思ってもらいたい一心で、毎度ドレス選びは厳選に厳選を重ねている。

「まあ、頑張ったところでヘルムート様は『似合っているよ』くらいしか言ってくれないんだけど」

興味が全くない『似合っているよ』を思い出せば、乾いた笑いしか出てこない。

普通の令嬢ならとうに心を折られているのではないだろうか。

最近ではローズマリーが悪役令嬢になるほど性格が歪んだのは、多少はヘルムートのせいもあったのではと思えてきた。

「あれだけ興味がありませんって態度を貫かれればねえ……」

しかもゲームのローズマリーは私と同じで、ヘルムートのことが好きだったのだ。

好きな男に長年そっけなくされ続け、それでも婚約者として頑張り、いよいよ結婚かというところで、ポッと出のヒロインに奪われるとか、ローズマリーが可哀想《かわいそう》すぎる。

気持ちも折れるだろうし、それは性格も悪くなるというもの。

プレイヤーとしてゲームをしていた時はローズマリーのことが嫌いだったが、同じ状況に置かれた今では、彼女にも同情されるべき点があったのではないかと思うようになってきた。

「ま、私は彼女の二の轍《てつ》を踏むつもりはないけど」

ゲームのローズマリーとは違い、ヘルムートの厚すぎる心の壁は私が破ってみせると決意している。

どこまでも食らいついていく所存だし、なんなら相手が根負けするのを狙うくらいの気概はある。

気合いを示すようにシャドウボクシングをする。

前世のぼんやりした記憶を頼りにしているので格好はつかないが、気合いだけは入った気がした。

「よし、気合い十分。明日のお茶会も頑張るわよ！」

明日のドレスは青にしよう。

ヘルムートの目の色を意識した青のドレスは三日前に仕上がったばかりの新作だ。

これを着て「ヘルムート様を意識しました、好きです」と言うのだ。

我ながら完璧な計画である。

「……お嬢様、よろしいでしょうか」

明日のことを考えてウキウキしていると、部屋の扉がノックされた。

声の主は我が家の家令だ。

六十才を超えた家令は三十年以上前からその地位に就いている。

「何かしら」

時計を見れば、夕刻。そろそろ食事の時間である。

それを知らせにきたのかなと思ったが、違ったようだ。

扉を開けて入ってきた彼は、恭しくトレーを掲げていた。トレーには手紙が載っている。

「……これは？」

「城から伝令の兵が来て、こちらをと。殿下からお嬢様にお手紙です」

「ヘルムート様から⁉」

手紙をひったくるように掴《つか》んだ。

婚約者になって一年が経つが、ヘルムートから手紙をもらったことなど一度もない。

記念すべき初の手紙に何が書いてあるのか楽しみで仕方なかったし、なんならついに私の気持ちが伝わったのかとも期待してしまった。

「……」

封を開け、便箋を取り出す。

美しい筆跡にうっとりする。

さすがはヘルムートだ。本人だけではなく書く文字すら美しい。

「ええっと……」

一体何が書かれているのか。

ドキドキしながらも手紙を読む。

内容は簡単なもので、風邪を引いてしまったから明日のお茶会はなしにしてほしいというものだった。

「ええっ⁉　風邪？」

「使いもそのように言っておりました。熱が出ていらっしゃるとか。お嬢様にうつすわけにはいかないから、明日は遠慮してほしいとのことで」

「……分かったわ」

病気ということであれば仕方ない。

お大事になさってくださいという旨を書いた返書をしたため、家令に渡す。

「これを使いの方に渡してちょうだい」

「承知致しました」

家令が部屋を出て行くのを見送り、息を吐いた。

明日、ヘルムートに会えるのを楽しみにしていただけに、がっかりしたのだ。

もちろん早く風邪を治してほしいと心から思っているし、無理だってしてほしくない。

だけど残念だと思う気持ちは止められなかった。

「あーあ、明日、暇になっちゃったわ」

ソファに座り、一人愚痴る。

体調不良は誰にでもあることだから仕方ない。そう自分に言い聞かせていると、ふと『恋する学園』のキャラ設定を思い出した。

メインヒーローのヘルムートは、味覚の一部を失っているという設定なのだ。

子供の頃、毒を盛られた後遺症とかで、甘みが分からないと書かれていたのを、今、唐突に思い出した。

「……子供の頃……毒……後遺症……」

ソファから立ち上がる。

先週、ヘルムートと会った時、彼は元気だった。私と一緒に大きなケーキを食べていたが、甘みが分からないという感じにも見えなかった。

「甘いけど、それがいいんだよね」と笑っていた記憶があるからだ。

つまりまだ彼は、毒を盛られてはいない。でも、設定通り話が進むのなら、ヘルムートはどこかで毒を盛られるということで――。

「……」

嫌な予感がする。

もしかしてだけれど、明日の予定がなくなったのは風邪なんかではなくて、本当は毒を盛られたからではないだろうか。

毒を盛られ、ヘルムートは今、ベッドでひとり苦しんでいる。

そんな中、私に心配掛けまいと、手紙を送ってきた。

毒ではなく風邪ということにして。

王子は周囲に弱みを見せないものだ。毒を盛られたことを隠すのは当然と言える。

「まさか……でも……」

ウロウロと部屋の中を歩き回る。

一度疑い始めると、素直に風邪だなんて思えない。

だって彼は身体が強い。王族として鍛えているからだが、そのお陰か、殆《ほとん》ど体調を崩したりはしないのだ。

その彼が、ただの風邪で寝込む？

考えれば考えるほど、風邪というのは方便だったのではないかという気持ちになってくる。

「……風邪なんかじゃない。本当は毒で苦しんでいるんだわ」

もうそうとしか思えなかった。

そしてもし、彼が今、毒で苦しんでいるのなら必要なのは解毒薬だ。

どんな毒を盛られたのかは分からない。でも、大人になっても後遺症が残っているような猛毒であることは確かだ。

きっと王城の医師ですら、完璧に毒を排除することはできなかったのだろう。

そうでなければ、後遺症が残っている説明がつかない。

「……どうすれば……っ！　そうだわ」

ピンと閃《ひらめ》いた。

実はうちの家――ウェッジウォード公爵家には昔から伝わる秘薬があるのだ。その秘薬はどんな毒も中和するといわれており、王家すら持ち得ないものだった。

この秘薬をヘルムートに使えば、彼は毒から無事、回復するのではないだろうか。

「……よし」

少し悩みはしたが、秘薬をヘルムートに届けたい気持ちが勝った。

秘薬は父の執務室に保管されている。

今夜にでも忍び込んで秘薬を持ち出せば、バレないだろう。

ヘルムートは風邪ということになっているので、秘薬を渡したいと父に告げたところで許可が出るとは思えない。

必要のないものを持ち出してどうすると怒られるだけだ。

だからこっそり盗み出す。

「ごめんなさい、お父様。でも私、ヘルムート様に苦しんでほしくないから」

前世でしたゲームを思い出す。

ゲームの中でヘルムートは「ごめん。昔は甘いものが好きだったんだけど、今は味が分からないから避けているんだ」と言っていた。

ゲーム画面に映る寂しそうな顔に私はうっとりとしていたものだが、あの表情を現実でさせたいとは思わない。

だって、甘いものを美味しそうに食べるヘルムートを知っているから。

「待ってて、ヘルムート様。今、行きます」

私の中で、完全にヘルムートは風邪ではなく毒に侵されたことになっていた。

◇◇◇

次の日、私は馬車に乗り、王城へ向かった。

ヘルムートに会えないのに王城へ行きたいという私に、御者は怪訝《けげん》な顔をしていたが「会えなくてもいいから、ヘルムート様のお近くへ行きたいの」と熱心に訴えた結果「仕方ないですね」と折れてくれた。

何せ私は普段から屋敷でも「ヘルムート様が大好き」と公言している。

これも『押せ押せ作戦』のひとつで、私が彼のことを好きというのを皆に分かってもらおうという狙いがあった。

父の持ってきた婚約に私が前向きであると示すのは大事だと思ったのだ。

そのお陰か、御者も特に不審がらず「相変わらずお嬢様はヘルムート殿下がお好きですね」と納得して馬車を走らせてくれた。

日頃の根回しが功を奏した形となったわけである。

「はい、つきましたよ」

問題なく王城に到着し、馬車から降りる。

御者には「早めに戻って来てくださいね」と念押しをされたがもちろんである。

もとより秘薬さえ渡せれば、長居するつもりはない。

スカートのポケットに忍ばせた秘薬にそっと触れる。

昨晩、予定通り父の執務室に侵入し、秘薬を失敬してきたのだ。

本棚の奥に隠されていた秘薬は大きな瓶に入っており、中にはたくさん錠剤が入っていた。一錠盗んだところでバレないだろう。

これをヘルムートに届けるのが今日のミッション。

なんとしても成功させるつもりである。

「……ええと、ヘルムート様のお部屋は……」

キョロキョロしながら、王城の廊下を歩く。

残念ながら、ヘルムートの部屋にはまだ一度も行ったことがないのだ。ただ、廊下を歩いていても咎《とが》められることはない。

私がヘルムートの婚約者であることは、城の兵士たちにも周知されているからだ。

「うう……どの部屋も同じに見えるわ」

どうにかヘルムートの部屋を特定する方法はないものか悩んでいると、少し先にある部屋から医者らしき人物が出てくるのが見えた。

あともうひとり、おそらく助手と見られる男と話している。

「――ヘルムート殿下も……」

「――かと。では」

話の内容までは分からなかったが『ヘルムート』という名前は聞き取れた。

話しながら廊下の奥へと消えていくふたりを見送る。

――ラッキー！

これは間違いない。

話の流れからしても、今、彼らが出てきたところこそがヘルムートの部屋なのだ。

「なんて運がいいのかしら。やはり日頃の行いがいいからよね」

しかも、何故か部屋の前に兵士の姿もない。

絶対に警備の兵がいるだろうと思っていたのに、休憩時間か何かだろうか。

「まあいいわ。今がチャンスであることに違いはないのだもの」

悩んでいるうちに兵士が戻ってこないとも限らない。

今の内にと思い、行動することにした。

医者が出てきた部屋の前に立ち、ドキドキしながらノックをする。

「――はい」

――ヘルムート様の声だわ！

短い返事だけだったが、彼を好きで仕方のない私にはすぐにその声がヘルムートのものだと分かった。

「お邪魔します」

そっと扉を開けて、隙間から身体を潜り込ませる。

私の自室より一回り以上広い部屋、その中央にはベッドがあり、寝衣を着たヘルムートが上半身を起こしていた。

「――何？　何か言い忘れていたことでもあったっ……ローズマリー？」

おそらく医者が戻ってきたと勘違いしたのだろう。こちらに目を向けたヘルムートが信じられないものを見たかのように目を丸くした。

「え……？」

「こんにちは、ヘルムート様」

何か言われる前に、そそくさと側へ行く。

ポケットから、紙に包んでおいた秘薬を取り出し、差し出した。

「体調が優れないのに来てしまってごめんなさい。でも、どうしてもこれをお渡ししたくて。うちの……ウェッジウォード公爵家に伝わる秘薬です。どんな毒も中和できる薬だから、ヘルムート様のお役に立てるのではないかと思って持ってきました」

「え、秘薬って……いや、それより君、どうしてこんなところに？　今日は会えないって手紙を送ったと思ったけど。君も『分かりました』と返してきたよね？」

「会えないのは理解しましたけど、薬をお渡ししたいなと思って」

だからやってきたのだと告げると、ヘルムートは愕然《がくぜん》とした顔をした。

「え……いや、あの、私は風邪を引いただけなんだけど、何故秘薬？　風邪は毒ではないから、薬を飲んだところで意味はないんだよ!?」

その表情は本当に意味が分からないと言っていて、私は心底ホッとした。

どうやら今回は毒を盛られたわけではなかったらしい。

杞憂《きゆう》で済んだのなら何よりだ。

「ああもう、とにかく早く帰って。風邪はうつるんだよ。君だって知っているだろうに。秘薬も要らないから持ち帰って」

「ヘルムート様……」

秘薬を受け取らず、早く帰れと告げるヘルムートを見つめる。

確かに今回は無事だった。だが、次回は違うかもしれない。

ゲームに『子供の頃に毒を盛られた』という設定がある以上、どこかでその機会は訪れるはずだ。

その時にこの秘薬を持っていることは、ヘルムートの助けになるのではないだろうか。

「分かりました、帰ります。でも、秘薬は受け取ってください。その……いつかヘルムート様のお役に立てるかもしれませんし」

「それって、私が毒を盛られるってことなんだけど。ああもう、分かったよ。有り難く頂くから。それでいいんだね？」

「はいっ！」

ヘルムートが秘薬を受け取ってくれたのを確認し、笑顔になる。

これで毒を盛られたとしても、ヘルムートは速やかに回復するはずだ。後遺症だって残らないはず。

「受け取ってくれてありがとうございました。風邪から早く回復なさることを祈っております」

目的は果たした。これ以上は迷惑になる。

ヘルムートに挨拶をし、背を向ける。真《ま》っ直《す》ぐ部屋の扉に向かうと、後ろから声を掛けられた。

「ローズマリー」

「はい」

振り返る。ヘルムートが眉を寄せて私を見ていた。

「えっと……本当にこの薬を届けにきただけなの？」

「？　はい」

「……そう」

何故か複雑そうな顔をし、ヘルムートが頷く。そうして呆《あき》れたように笑った。

「――気をつけて帰りなよ。今は兵士が食事休憩に行っているみたいだけど、すぐに戻ってくるはずだから」

「えっ……」

ドキッとした。

どうやらヘルムートは私が不法侵入したことに気づいていたようだ。

「でも、おかしいな。本来なら交代要員がいるはずなんだけど。まあいいか。その辺りはあとで直接問い詰めれば。とにかく気をつけて。回復したらまたお茶会をしようね」

「はいっ」

優しく微笑まれ、嬉しくなった私は元気よく返事をした。

ちょっとだけだけど、ヘルムートの言葉が心を伴っているもののように感じたのだ。

「お邪魔しました。えっと、大好きです、ヘルムート様」

「はいはい、またね」

やっぱりだ。

私の「好き」もいつもより受け入れてくれているような気がする。

気のせいかもしれないけれど、もしそうだとしたら嬉しい。

ヘルムートに私の気持ちが少しだけでも通じたのだろうか。

浮かれた気持ちでヘルムートの部屋を出る。

用事も済んだことだし、屋敷に帰ろう。達成感いっぱいの気持ちで顔を上げると、何故か目の前に父の顔があった。

「ひえっ」

突然の父の登場に声が裏返る。

私自慢の父は三十代後半だが年より若く見えるし、なかなか格好いい。いわゆるイケオジというやつだ。しかしどうしてこんなところに父がいるのだろう。

「お、お父様……ど、どうしてここに」

「それはこちらの台詞《せりふ》だよ。ローズマリー、一体こんなところで何をしているのかな。今日、殿下はお風邪を召して、お休みなさっているはずだけど」

「そ、それは……」

「屋敷にいるはずのお前が、どうしてここにいるのかな」

父がかがみ、目を合わせてきたが、答えられなくて逸《そ》らしてしまう。

冷や汗を流す私に父が「それと」と告げる。

「あとね、秘薬の数が足りないのだけれど、その辺りも説明してくれるのだろうね？」

「ひえっ⁉」

「バレないと思ったのなら心外だよ。我が家に伝わる秘薬。当然きちんと管理しているとも」

ニコニコと笑っている父だが、目が怖い。

というか、一錠くらいなくなったところで気づかないと思っていたのに、目聡《めざと》すぎる。

「お、お父様、これには深い事情があってですね」

「うん、そうだろうとも。君はなんの理由もなく、してはいけないことをする子ではないからね。でも」

「ひっ」

怯《おび》える私の腕を父がガシッと掴んだ。

「とりあえず、屋敷に帰ろうか。話はそれから聞かせてもらうよ。――いいね？」

「……はい」

言い逃れは許さないと父の目が言っている。

その後、屋敷に帰った私は父に洗いざらい吐かされた。

ヘルムートが毒に倒れたと思ったから秘薬を持っていったと告げると、父は「何故、そんな勘違いを」と呆れはしたが、私が如何にヘルムートを好きか知っていたからか、それ以上は問われなかった。

ヘルムートに渡した薬も「一度渡したものを返せとは言えないよ」とのことで、なんとか彼の手元にあることを許された。

ホッとしたがそれはそれとしてキツく叱られたし、罰としてヘルムートとのお茶会を一回お休みさせられることとなってしまった。

自業自得ではあるが、ある意味、生きる理由を奪われた気分だ。

二週間後、ようやくお茶会が再開され、私はヘルムートと会うことができたが、彼からも「心配してくれたのは分かったけど、淑女たるもの、勝手に異性の部屋に忍び込むなんていけないよ」と叱られてしまい、結果、多方面に「ごめんなさい」と謝る羽目となってしまった。

第二章　悪役令嬢は諦めない

秘薬を持ち出した日から七年が経ち、私たちは十七才となった。

恐ろしいことに、ゲームが始まるまであと一年と迫っている。

ゲーム舞台となる学園——王立オーディオール学園にも昨年、入学した。

オーディオール学園は、我が国ローデン王国の優秀な人材が集まる学園として知られており、王太子であるヘルムートも在籍している。

問題のヒロインはまだいない。彼女は来年、最終学年となった時に転入してくる設定なのだ。

ちなみに、私はいまだヘルムートと恋人関係になれていない。

秘薬を持っていった時、多少ヘルムートの態度が改善したように思ったが、そこから全く、なんの進展もなかったのだ。

『好き』の言葉を受け取ってくれるようにはなったけど、それだけ。

ヘルムートから何かが返ってくることはない。

考えていた以上に、彼の心の壁は分厚かったようだ。

「どうしよう」

自室でソファに座り、天井を見上げる。

ゲーム開始まで時間がないこともあって、最近の私は焦っていた。

ヘルムートをものにしてみせると誓ったのが九歳で、今の私は十七歳。

八年もあれば恋人にくらいなれていると思ったのに、現実はこんなものだ。

全然、予定通りにいっていない。

「このままでは、来年、ポッと出のヒロインにヘルムート様を奪われてしまう……」

ヒロインがヘルムートを選ぶと決まったわけではないが、彼は『恋する学園』のメインヒーローだし、誰よりも格好いい人だ。

私がヒロインなら絶対にヘルムートを選ぶ自信しかなかったから、実際のヒロインも似たようなものだろうと確信していた。

「だって、ヘルムート様ってば大人になってますます格好良くなって……！」

ああ、と両手で目を押さえる。

思い出すのは、今日の午前、学園で会ったヘルムートの姿だ。

幼少の頃も麗しい少年だったが、十七歳となった今は、まさに誰もが見惚れる美しい男へと成長した。

天使が人型を取ったのではないかと疑うほど、完成された中性的な美貌。

少し垂れ目なのが色気を感じさせる。身長も高く、ものすごく脚が長い。すらりとした体型をしているが、立ち姿がとても綺麗だ。

柔らかく微笑む姿はさすがメインヒーローとしか言いようがない。

常にキラキラとした背景を背負っている気さえする。

まさに前世で一目惚《ひとめぼ》れしたヘルムートそのものの姿だった。

「約束された勝利のイケメン……」

彼をどうしても手に入れたい。それにはどうすればいいのか。

『好き』を伝えても手応えがない。

ヘルムートの嫌う我儘《わがまま》高飛車女にはなっていないとは思うけど、来年、もし、彼に捨てられたら……。

「いや……考えたくもないわ」

ずっと、ヘルムートだけを見つめてきたのに捨てられるなんて、この先の人生を生きていける気がしない。

やはりどうにかゲームが始まる前に、ヘルムートの気持ちをこちらへ傾けなければならないだろう。

とはいえ、その方法が分からなくて、私は途方に暮れていた。

◇◇◇

それから三日後、私は王城を訪れていた。

今日は、週に一度のお茶会なのだ。婚約者と交流するという名目のお茶会は、八年経った今も続けられている。

十七歳になった私は昔ゲーム画面で見た、スタイル抜群の強気美女に育っていた。

今日のためにと選んだ真っ赤なドレスはお気に入りで、後ろは紐《ひも》でクロスにしてリボン結びにしている。

悪役令嬢っぽい気の強そうなドレスだが、私には赤が似合うのだから気にしない。

「こんにちは、ヘルムート様」

案内されたのは、大庭園と呼ばれる王城の庭だ。

ヘルムートは室内よりも外でお茶をするのが好きらしく、天気が良ければ二回に一回は庭でお茶会をしている。

「やあ、今日も綺麗だね。ローズマリー。赤いドレスが似合っているよ」

笑みを向けてくれるヘルムートだが、彼の方こそ絵になる美しさだ。

花に囲まれているヘルムートは、ただ立っているだけなのに、宗教画の一幕かと疑うレベルで麗しい。

風に吹かれた花びらがヘルムートに纏《まと》わり付く。

現実のものとも思えない優艶さに、地上に舞い降りた天使かと本気で疑った。

「あ、ありがとうございます。でも、ヘルムート様ほどではありませんわ」

ドキドキしながらも微笑み、席に着く。

季節は春。

周囲にはチューリップやアネモネ、マリーゴールドといった花々が彩りも鮮やかに咲いている。もう少しすれば、薔薇の花も咲くだろう。

女官たちがお茶の準備をしている。彼女たちが並べた皿の上にはフォンダンショコラがあった。

「あら、フォンダンショコラですか」

「うん。突然、食べたくなって、料理長に我が儘を言ってしまった」

「ヘルムート様は甘いものがお好きですものね」

紅茶を淹《い》れ、準備を終えた女官たちが下がっていく。

外でお茶をするのにちょうどいい気候だ。日陰になっているのもいい。

遠くで鳥の声が聞こえる。爽やかな風と花の匂いが心地良かった。

もう私たちも十七歳になるが、幸いにもヘルムートは味覚を失ってはいないようだった。

今もフォンダンショコラを美味しそうに食べている。

——ゲームの設定通りならどこかでと思ったけど、ここは現実だものね。毒を盛られることはきっとなかったんだわ。

推しが傷つくのは嫌なので、平和に過ごせているのなら何よりだ。

ヘルムートが私に目を向け、不思議そうに言う。

「そういえば甘いものが好きだって、言ったことあったっけ?」

「ありません。でも見ていれば分かることもありますから。それとも間違っていましたか？」

「いや、正解だよ。頭を使う仕事をしたあとなんかは、特に欲しくなる」

「お忙しそうですものね」

フォンダンショコラや紅茶を楽しみながら、会話をする。

フォンダンショコラを真ん中で割ると、とろりとしたチョコレートが溶け出てきた。濃いチョコレートが美味しい。

紅茶はフォンダンショコラに合わせたのか、落ち着いた渋みの強い味のものが選ばれていた。

ヘルムートは八年が経った今もあまり個人情報を開示してはくれないが、今のように観察していれば分かってくることもある。

甘いものが好きとか、あと、実は意外に寒がりだということも知っている。

冬場は室内に引き籠もるのだ。

冬、彼とのお茶会が行われる部屋は、いつも茹《ゆ》だるくらいに暖かい。

こうして少しずつ、好きな人のことを知っていくのも悪くない。

だが、問題は私には時間がないということ。

あと一年と思えば、どうしたって焦りの感情が出てきてしまう。

ヘルムートがおっとりとした口調で言う。

「そういえば、来年で私たちも卒業だね」

「ええ、そうですね」

「三年間の学生生活。長いと思っていたけど、意外と短いものだなって今は思うよ。君は、友達もできたかな」

「……残念ながら」

ヘルムートの問いかけに、首を横に振る。

彼にかかりっきりの私に友人を作る暇などあるはずがない。それに私は公爵家の令嬢で、王太子の婚約者だ。

友人になりたいと言ってくれる者は多いが、取り入りたいと願っている人たちが殆どだということは分かっている。

ヘルムートも私の言いたいことが分かったようで「そうか、悪いことを聞いたね」と謝ってくれた。

「いいえ。ヘルムート様こそ――」

ご友人は、と尋ねようとした時だった。

「――ヘルムート殿下ですね？」

突然、庭に全身黒の服と目出し帽を被った男たちが現れた。

男たちは全部で十人ほど。彼らは素早く私たちを取り囲んだ。

「えっ……」

「我々と一緒に来ていただきますよ」

何が起こったのか理解できない。

持っていた紅茶のカップを取り落とす。正面の席に座っていたヘルムートは諦めたように両手を挙げていた。

「分かったから乱暴はしないでくれないか。あと、彼女には手を出さないでほしい」

「もちろん。我々が必要なのはあなただけだ」

両手を挙げたまま、ヘルムートが連行される。

それを呆然《ぼうぜん》と見つめ、ハッと我に返った。

「へ、ヘルムート様……」

「私は大丈夫だから、君は逃げて。何もなかったと屋敷に戻るんだ。いいね？」

「で、でも……」

声が恐怖で震えている。

ヘルムートを助けなければと思うのに身体は金縛りにあったかのように動けなかった。

目出し帽を被った男のひとりが私に忠告する。

「言っておくが、俺たちのことは誰にも言うなよ？　もし言えば、次はお前の番だからな」

「っ！」

ギョッとする私をヘルムートが窘《たしな》める。

「彼らの言う通りにして。余計なことはしなくていいから」

「よ、余計なことって」

「巻き込んで悪かったね」

男たちにヘルムートが連れ去られていく。それを私は何もできずに見送った。

男たちが去ったあと、なんとか立ち上がろうとし、失敗する。

恐怖からか力が入らず、地面に膝をついてしまった。

「い、今の……」

まだ声が震えていた。

目の前で起きた出来事が信じられなかったのだ。

ヘルムートが誘拐された。

彼はこれからどうなるのだろう。どこかに連れて行かれ、拷問に掛けられたり、人質として使われたりするのだろうか。

いや、ゲームでそんな話はなかったはずだ。彼はメインヒーローとして問題なく登場している。

それならこの誘拐もすぐに解決するのだろうか。

私はヘルムートに言われたとおり、何もせず屋敷に帰って、時が過ぎるのをただ待てばいい？

そうすればそのうち何事もなかったかのようにヘルムートは戻ってくる？

「……ダメ、そんなの」

まだ身体が震えていたが、なんとか椅子を掴んで立ち上がる。

大丈夫だと、見て見ぬ振りをするなんてできなかった。

ヘルムートを助けなければ。

ただその一念が私を突き動かしていた。

「っ！」

まだ身体はぐらついていたが、根性で走り出す。

近くにいる兵士にヘルムートが誘拐されたことを伝えるという簡単なことすら頭から抜けていた。

ただ連れて行かれたヘルムートに追いつかねばならないという一心のみで走る。

「どこ……どこにいるの、ヘルムート様……」

事前に買収でもしていたのだろうか。不思議と誰にも会うことはなかった。

「あっ！」

人の姿が見え、慌てて近くの茂みに隠れる。

大庭園から出たすぐのところで、ヘルムートが幌《ほろ》馬車に放り込まれていた。

大庭園の入り口から正門までは広めの道が通っていて、荷物を運び入れるのにも使われている。馬車が通ってもおかしくはないのだ。

男たちは三台の馬車に乗り込んでいる。

先ほどと違い、目出し帽を脱いでいるのは正門を通り抜ける時に怪しまれないためだろうか。

「……ぼうっとしている場合じゃなかったわ」

男たちが馬車に乗ったことを確認し、急いでヘルムートが放り込まれた幌馬車へと駆け寄った。

出発前になんとか荷台の中に転がり込む。

少し身体を打ったが、気にしている暇はなかった。

馬車が走り出した。

身体を起こして目を凝らし、幌の中を見る。

清潔とは言い難い荷台には、手足を縛られ、猿ぐつわを噛《か》まされたヘルムートがいて、驚いた顔で私を見ていた。

「見つけた……！　ヘルムート様……！」

馬車が揺れる中を急いで駆け寄り、猿ぐつわを外す。

「大丈夫ですか、ヘルムート様。今、手足の縄も……」

「どうしてきたんだ……！　逃げろと言ったのが聞こえなかったのか……」

男たちに聞こえては拙いので小声だったが、明らかに叱責する声音だった。

足の戒めを解きながらヘルムートに答える。

「聞こえました。でも私、ヘルムート様を放ってなんておけません」

「放ってって……怖くて震えていただろう。こんな無理をして、公爵だって心配するよ」

父のことを引き合いに出され、グッと唇を噛みしめた。

「分かっています……でも、ヘルムート様を失う方が怖いから」

足の戒めがなくなった。

ホッとしながら、次は手首の縄に取りかかる。

勝手に涙が流れてきた。いつ男たちに見つかるやもしれない恐怖に身体が反応しているのだろう。

「……泣いているじゃないか」

「私の意思じゃありません。……と、外れた。ヘルムート様。次に馬車が止まったら逃げてください。私が時間を稼ぎますから」

なんとしてもヘルムートを逃がさなければという一心で告げる。

ヘルムートは眉を顰《ひそ》め、私に言った。

「時間を稼ぐ？　君に何ができるというんだ」

馬鹿にしているのではない。

私を心配して言ってくれているのだと分かった。

「確かに私は何もできません。剣が得意というわけでもありません。でも、私だって公爵家の娘です。人質としての価値ならそれなりにあるはず。私が交渉しているうちに少しでも遠くに逃げてください」

「彼らは王太子の私を狙ってきた。君では交渉材料にならない」

「でも」

「それに君は女性だろう」

鋭い視線を向けられ、一瞬、息が止まった。

「ヘルムート様……」

「女性の君は、男である私よりも危険な目に遭う可能性がある。君だって分かっているだろう。何事もなく帰れる保証なんてない。尊厳を奪われるような羽目になるかもしれない。命だって失う可能性があるんだ」

「それは……ヘルムート様も」

「私は大丈夫だよ」

ヘルムートが微笑む。こちらを安心させるかのような優しい笑みだった。

「私は第一王子ではあるけれど、弟がいる。最悪死んだとしても、構わないんだ。婚約もきっと弟が引き継いでくれるだろう。君の王太子の婚約者という地位は守られる。だから君こそ逃げ――」

「何を言ってるんですか！」

最後まで聞いていられず、堪《たま》らず叫んだ。

男たちに気づかれるかもということすら頭から飛んでいた。

心のままに告げる。

「ヘルムート様が死ぬ？　そんなのダメに決まってます。婚約のことだって弟がいるからとか、王太子と結婚できるとか、そうじゃない！　私はヘルムート様がいいんです。あなたでないと意味がない。そのためだったら私――んんっ⁉」

力強く引き寄せられたと思った次の瞬間、唇が温かいもので塞がれていた。

目の前にヘルムートの顔。

彼にキスをされているのだと気づくのに、若干時間が掛かった。

――え、え、え……どうして？

何が起こっているのか分からない。

柔らかな唇の感触に混乱する。嫌だとかそんなことは思わないが、とにかく吃驚《びっくり》して声も出なかった。

驚き固まる私とは違い、ヘルムートはマイペースだ。

唇を触れ合わせるだけでは飽き足らず、舌で下唇を舐《な》めてきた。

「んんっ⁉」

――何事⁉

カッと目を見開く私をヘルムートが楽しそうに見ている。思わず唇を開くと、彼は待っていたかのように舌を捻《ね》じ込《こ》んできた。

「ひゃっ、ん、んん……」

ヘルムートの肉厚な舌が口内を蹂躙《じゅうりん》している。頬《ほお》の裏側を舌先で触れられ、ゾクリとした愉悦が全身に走った。

「んっ……」

ビクンと肩を震わせる私の反応が楽しかったのか、ヘルムートの動きは更に大胆なものになった。

舌同士を絡めたり、口内に溜《た》まった唾液を掻《か》き回したりとやりたい放題だ。

「は……あ……」

どれくらい時間が過ぎただろう。やがて名残惜しげにヘルムートが離れて行った。

「……あ」

「少しは落ち着いた？」

にこりと微笑むヘルムートだが、返事などできるはずもない。

突然のキスに身体の力が抜け、へなへなになっていたのだ。

――へ、ヘルムート様とキスをしてしまったわ。

私にとってはファーストキスだ。

今更ながらに唇の感触を思い出し、カッと顔が赤くなる。

「へ、ヘルムート様……今の……」

「ずいぶんと興奮していたようだからちょっと黙ってもらおうかと思って。ほら、誘拐犯たちに気づかれてしまうから。でも、少しやり過ぎてしまったみたいだね」

「えっ、や……あの……」

「嫌だった？」

悪戯《いたずら》っ子のような顔で見つめられ、慌てて首を横に振った。

嫌だなんてそんなことあるはずがない。

「わ、私、ヘルムート様のことが好きだから……」

むしろ嬉しい。こんなこととしてもらえると思わなかったから。

期待するようにヘルムートを見つめる。彼は私の視線をさらりと躱した。

「そう。嫌がられなかったのなら良かったよ。さて、少しは落ち着いてくれたようだから種明かしをしようか」

「種明かし……ですか？」

まだ心臓はバクバクしているし、顔も赤くて落ち着いているとはとても言えない状況だとは思うが、確かに頭に血が上っていたのは収まった。

ヘルムートが御者席のある方に顔を向けた。

「実はね、これ、前もって分かっていた話なんだ」

「へ？」

目を瞬かせる。こちらに視線を戻したヘルムートが頷いた。

「うん。実は私に王位を継がせたくない一派がいてね、誘拐と殺害を目論《もくろ》んでいたんだよ。で、せっかくだから一網打尽にしようかと、自らおとりになったって話なんだけど」

「……」

「だからね、君が犠牲になる必要は全くないんだよ。各場所に兵士は配置しているし、私が誘拐された場面も確認しているはず。この馬車は正門で止められるよ。外に逃がす心配はない」

楽しげに笑うヘルムートをまじまじと見つめる。

まだよく事態が掴めていなかった。

「えっ、えっ……？」

「君を巻き込んでしまったのは申し訳なかったけど、犯人たちも私の警備が手薄になるタイミングを狙っていたからね。分かっていたから君だけは逃がそうと思ったのに、追いかけてくるんだもの。驚いたよ――っと、どうやら誘拐犯たちが捕まったようだね」

「殿下！　ご無事ですか」

ヘルムートの言葉とほぼ同時に、幌が開かれた。

城の兵士たちがこちらを覗き込んでいる。

咄嗟《とっさ》に反応できない私を余所《よそ》に、ヘルムートは自ら立ち上がり、彼らの元へと歩いていった。

「こちらは問題ない。犯人たちは？」

「全員捕らえました。主犯も判明しましたので、そちらにも兵を向かわせております」

「そう」

「殿下もご無事で何より……と、そちらのご令嬢は？」

奥にいる私の存在に気づいたのか、兵士たちが驚いたような顔をする。

ヘルムートが私に手を差し出しながら言った。

「私の婚約者だよ。事情を知らない彼女は私を案じて追ってきてくれたんだ」

「そ、そうでしたか」

「逃げろって言ったのにね。……まさか女性の身で幌馬車に乗り込んでくるとは思わなかったから驚いた」

「う」

敢《あ》えて言われると恥ずかしい。

というか、もしかしなくても私はやらなくてもいいことをしてしまったのではないだろうか。

むしろヘルムートの仕事の邪魔をしたのでは。

――な、なんてこと。

己の蛮勇を後悔するも、覆水は盆に返らない。

やってしまったと呻《うめ》くだけだ。

私は先ほどまでとは違う理由で顔を赤くしながら、彼の手を借りて立ち上がった。

幌馬車から降りる。

外に出ると、誘拐犯たちが捕まっているのが見えた。

場所はヘルムートが言った通り、正門。普段より多くの兵士が集まっている。

事情を知らされていない入場待ちをしていた人々が戸惑いの表情を浮かべていた。

「ローズマリー、行くよ」

「え、あ、はい」

ヘルムートがもう一度手を差し出してくる。その手に己の手を乗せると「違う」と言われた。

「ち、違う？」

どういう意味か分からず困惑していると、ヘルムートは「こっち」と言って手を握ってきた。

「ひえっ⁉」

「人の数が多いからね。迷わないように」

そうして私の手を引き、先ほどまでいた庭まで連れて行ってくれた。

――ひえっ、ひえっ、あっ、あああああっ！

私はといえば、大混乱だ。

今までエスコートを受けたことはあっても、手を繋《つな》ぐなどしたことがなかったから。

指を絡ませ合うような恋人繋ぎではないけれど、ヘルムートの手の温度は私の気持ちを十分過ぎるほど興奮させた。

――あ、温かい。わ、わあ……私今、ヘルムート様と手を繋いでる……！

緊張と喜びと、あと、ほんの少しだけ手汗が気になった。

手がべちゃっとしているなどと想い人に思われたら死ぬ。

ヘルムートの手は大きく、私の手を簡単に包み込んでしまう。

先ほどのキスもだが、今日は何かの祝祭日だっただろうか。

いや、ヘルムート記念日として後世まで私が語り継いでいくべきだ。

――そう、大々的に記念日として……。

「ついたよ」

混乱と興奮で思考が妙な方向へずれていたが、ヘルムートの言葉で我に返った。

テーブルには食べかけのフォンダンショコラと、あと、私が取り落としたカップがそのままになっている。

「あ……」

先ほどの出来事を思い出し、小さく声が出る。

ヘルムートが手を離し、私の顔を覗き込んできた。

「大丈夫？　もしかして、さっきのことを思い出してしまったのかな。ごめんね。本当に巻き込むつもりはなかったんだ」

「へ、平気、です。その、ヘルムート様の身に何も起こらなかったのなら、それが一番ですから」

「そう」

私の言葉を聞いたヘルムートがにっこりと笑う。

いつも見ている笑顔と同じはずなのに、何故か不思議と本当に嬉しそうに見えた。

「君は本当に私のことが好き……というか『私』がいいんだね。今回のことでそれがよく分かったよ」

「え、あ、はい。そうです……けど」

私にとっては当たり前のことを言われ、首を傾《かし》げつつも肯定する。

ヘルムートがそっと頬に触れてきた。

カッと顔が熱くなる。

「へ、ヘルムート様……？」

「うん、可愛い。……君が私の婚約者で良かったと思ったよ。これからもよろしくね」

「……は、はい」

今までされたことのなかった甘い行動に動揺しながらも返事をする。

ヘルムートは満足げに頷くと、テーブルに目を向けた。

「今日はこんなことになってしまったし、これで解散しよう。馬車まで送っていくよ。君は私の大切な婚約者なんだ。何かあっては困るからね」

「へ、ひゃ、ひゃい……しゅ、しゅきです……ヘルムート様」

「ふふっ、知っているよ」

「はい、好きです」といつものように言いたかったのに、驚きのあまり噛んでしまった。ヘルムートに笑われる。

でも、まさか彼がこんなことを言うなんて思わなかったのだ。

これまでのヘルムートは、表面的な言葉と行動しかなく、私はそれをいつだって覆《くつがえ》したくてたまらなかったのだけれど。

それが『大切』⁉

——え、え？　なんか分からないけど、ついにヘルムート様が私を見てくれた⁉

そうとしか考えられない劇的な変化だ。

今の彼の言葉には温度があったし、普段の上辺だけのものとは全然違った。

フワフワした心地のまま、馬車まで送られる。

「じゃあ、また」

にこやかに告げるヘルムートになんとか会釈をする。

馬車が走り出した。車内にひとりになった私は、おそるおそる自分の頬を抓《つね》った。

「痛い……」

ということは夢ではない。

つまり、あのキスも手つなぎも、頬に触れられたことも、更には『大切』とか言われたのも全部現実にあった話なのだ。

「う、嘘《うそ》ぉ……」

頬が熱を持って熱くて痛い。

その頬を冷やすように両手で押さえる。突然の供給に心が追いついていなかった。

「へ、ヘルムート様が私を大切って……う、嬉しい……」

にへら、と笑み崩れる。

好きという言葉こそもらっていないが、これはもう勝利待ったなしなのではないだろうか。

だって落ち着かせるためとはいえ、あれだけ濃厚なキスもされたし、今までにないほどヘルムートとの距離が近くなった気がする。

恋人となる日も遠くないはず。

そう私は確信したが、ヘルムートはそんなに甘くなかった。

確かに距離は縮まったし、上辺だけで会話することもなくなったが、私がいくら「好き」と言ってても同じ言葉をくれることはなく、関係は進まない。進めてはくれない。

私はゲームが始まるまでにちゃんと恋人になりたいのに。

多少心を許したくらいで恋人になれるかもと期待した私が馬鹿なのだろうか。

いや、そんなことはない。

頑張ればなんとかなるはずだ。

必死に努力するもヘルムートはのらりくらりと躱していく。

結局私の願いが叶《かな》うことはなく、ヘルムートと微妙な関係のまま、ゲーム開始の時を迎えてしまった。

間章　ヘルムート視点

私、ヘルムート・ローデンは、可愛げのない子供だ。

エンリオン大陸の南にあるローデン王国の第一王子として生まれた私は、わりと早い段階から己が置かれた立場を理解していた。

皆が私をチヤホヤするのは、私がいずれ国を継ぐことになるから。

未来の国王となる私に頭を下げているだけなのだと言われずとも分かっていたし、外見がそれなりに良いことも自覚していたから、女性が集まってくるのも『そういうもの』だとしか思えなかった。

だからだろう。小さい頃から妙に冷めたところがあり、なかなか人を信用できない。

近寄ってくる者がいても、どうせ私の立場や外見が目的なのだろうと疑ってしまう。

皆、私自身に興味はないと諦めてしまうのだ。

そんな折りだった。

ウェッジウォード公爵のごり押しで婚約者が決まったのは。

相手は彼の娘。私と同じ九歳ということだが、全く興味は湧かなかった。

当たり前だろう。

こちらの意見を聞きもせず進められた婚約に、どう積極的になればいいというのか。

王族の結婚なんて政略しかないと分かっていたし、ウェッジウォード公爵の力はかなりのものだから拒否することはしなかったが、うんざりとした気持ちではあった。

――生涯の伴侶すら信用できない者が宛《あて》がわれるのか。

そういう気持ちで、相手の令嬢と会った。

彼女――ローズマリー・ウェッジウォードはさすが公爵家の令嬢だけあり金髪碧眼の華麗な少女だったが、やはり欠片《かけら》も興味を抱けない。

しかも癇癪持ちのようで、最初数回は会うのが本当に苦痛だった。

幸いにもその癇癪はすぐに収まったし、一時的なものだったことが分かって安堵《あんど》したが、今度は「好き」だなんだと言い始め、これはこれでうんざりした。

どうせ彼女が好きなのは『私』ではなく『第一王子であり王太子』である立場なのだ。

もしくはこの容姿だろうか。

どちらにせよ、鬱陶しい。一週間に一度のお茶会も面倒で、一年に一度くらいにしてほしいというのが偽らざる本音だった。

その気持ちが少し変わったのは、私が風邪で倒れた時。

季節の変わり目ということもあり、珍しく体調を崩した私は、ローズマリーに手紙を書いた。

風邪を引いたから明日のお茶会は中止にしてほしいというものだ。

実際はそこまでひどい症状もなかったが、わざわざローズマリーに会いたいとは思わなかったのだ。会わずに済ませられるのならそうしたい。

あと、会わないと言われた彼女がどんな行動を取るのか気になった。

人をなかなか信用できない私には悪癖があって、ふとした瞬間に、試し行動を取ってしまうのだ。褒められた行いではないと分かっているが、やめられない。

今回もなんとなくだけど「試してやろう」的な気分になった。

結果としては「分かりました」の返事が来て終わったのだが、普通の感覚を持つ人なら当たり前の行動だ。私も特に何も思わなかった……のだけれど。

——いや、これは予想外すぎる。

お茶会の予定日だった日、医者の診察を受けて薬をもらった私は、思わず天井を見上げた。

医者が出て行ってすぐに扉がノックされたから、おかしいとは思ったのだ。

だが、何か言い忘れたことでもあったのかもしれないと思い直して返事をした。

入ってきたのは、ローズマリー。

一体、何が起こったのかと思った。

私の目の色を連想させる青いドレスを着た彼女は、真剣な顔をして私に何かを差し出してきた。

それはウェッジウォード公爵家に伝わる秘薬であり、どんな毒薬も中和させるという効果をもつものだった。

――いや、だからどうして秘薬⁉

私は毒に犯されたわけではないのだが？

意味が分からなかったが、ローズマリーは必死だ。

なんとか受け取ってもらおうと一生懸命になっている。その姿になんとなく絆《ほだ》されて、つい、薬を受け取ってしまった。

彼女は嬉しそうに帰っていったが……うん、本当に何をしにきたのだろう。

「ふふっ……」

部屋にひとりになり、渡された秘薬を見つめているうちになんだかおかしくなってきた。

わざわざこの薬を渡すために、ひとりここまで突撃してきた彼女の行動が面白かったのだ。

風邪薬ではなく毒の中和剤を持ってきたあたりが意味不明だが――と思ったところで、何かが引っかかった。

「うん？」

ふと、枕元に置かれた薬に目を向ける。

この薬は、ローズマリーが来る前に診察に来た医者が置いていったものだ。

すぐにでも飲むようにと言われていたが、ローズマリーが来たこともあって今の今まで忘れていたのだけれど。

「……」

そういえば、今日の医者は見慣れない人物だった。

王城に医者は何人も詰めている。担当医師が変わることはあるし、この部屋まで咎められずに入ってきたのだ。

昨日の医師とは違うのだなと思うだけで、特に不審には感じなかったが、考えてみれば今、私の部屋の前には兵士はいない。

ローズマリーにも言ったが、食事休憩に行っているからだ。

だがその場合、交代要員がくるはず。いないなんて職務怠慢だと思っていたけれど、何かがおかしい気がした。

「……」

医者の置いていった薬をもう一度見つめる。次いで、ローズマリーが渡していった『毒』を中和する秘薬も。

「……まさか」

あり得ないとは思うも、一度疑い始めると素直に薬を飲む気にはなれなかった。

無言で、近くにあったベルを鳴らす。

呼び出しに応じた侍従が即座にやってきた。

「殿下、お呼びでしょうか」

「うん、これを。ちょっと成分を調べさせてほしい」

医者の置いていった薬を侍従に渡す。彼は不思議そうに薬を受け取った。

「は？　こちらは殿下の風邪薬ではありませんか？」

「私もそう思っていたのだけれど、まあ一応ね」

「……承知いたしました」

意味が分からないという顔をしつつも、侍従が命令を受け、薬を持っていく。

まさかと思った私の懸念は当たり、風邪薬は猛毒であったことが判明した。

兵士を遠ざけ、医者の振りをして私に近づき、薬と偽って毒を飲ませる。

それが犯人の目的で、実際、ローズマリーが来なければ、何も思わず薬を飲んでいただろう。

幸いにも私が毒を飲むことはなく、事件は未遂に終わったのだけれど、ここまで偶然が重なると、彼女はこのことを知っていたのかなとまで疑ってしまう。

——だから私に毒を中和できる秘薬を渡しにきたとか、いや、さすがにないか。

考えすぎだ。

とはいえ、ある意味ローズマリーのお陰で助かったのは事実。

私は彼女からもらった秘薬を小さな瓶の形をしたペンダントトップに入れ、首から掛けてお守り代わりに身につけるようになった。

結果的に使うことはなかったが、この薬があると助かることもあるのは事実だからだ。

ちなみに秘薬は彼女が勝手に持ち出してきたものらしく、後日ローズマリーの父親から正式に謝罪と、そのまま薬は持っていてほしいとの言葉をもらった。

「それは娘の気持ちですから」

そう告げるウェッジウォード公爵の顔は父親らしく優しいもので、ローズマリーは父親から愛されているのだということがよく分かった。

私としても今回の件で、ローズマリーが口先だけで「好き」の言葉を発しているわけではないらしいと理解した。

ただのミーハー気分なら、わざわざ父親の執務室から薬を盗み、届けにきたりはしないだろう。

彼女には私のために行動しようという気概がある。

まあ、持ってきたのは風邪薬ではなく毒を中和する薬だったわけだが、今回はそのお陰で犯行に気づけたわけだし、そこは不問としよう。

つまりローズマリーは、見事、私の試し行動をクリアしたわけである。

だが、まだまだ足りない。

何せ私はとにかく人を信用できない性質なのだ。あともう一声、何かあれば一気に気持ちが傾くだろうことはなんとなく分かっていたが、その一声が訪れることはなく、私たちは大人に成長していった。

◇◇◇

一生懸命私に気持ちを伝え続けるローズマリーを可愛いと思う気持ちはあれども、疑心暗鬼の気があるる私が自分から距離を詰めるはずもない。

互いの距離はそれなりのまま、私たちは十七歳になっていた。

私もローズマリーも、王立オーディオール学園に通っており、来年には卒業する。

そうしたらいよいよ結婚の話が持ち上がるだろう。

ローズマリーと結婚。

他の女性を宛がわれるよりは私の試し行動を一度はクリアしたローズマリーの方がマシなので、彼女と結婚する心づもりではあるが、ここにきて、ローズマリーの様子がおかしくなってきた。

何故か、妙に焦《あせ》り始めているのだ。

今まで以上に私との距離を詰めようと躍起になっている。

一体、何がそこまで彼女を追い立てているのか分からないが、あまり愉快でないことだけは確かだ。

私は天邪鬼《あまのじゃく》なところもある可愛くない男なので、そんな態度を取られれば、余計に今のままでいいではないかと意固地になってしまう。

そんな折りだった。

私を誘拐して殺し、代わりに第二王子である弟を立てようとする動きがあることを掴んだ。

毒を盛ろうとした犯人たちと繋がりもある。

同じ一派が七年ぶりに重い腰を上げ、王太子を排除しようとしているのだろう。

弟の第二王子は素直な性格をしていて、人を疑うことをしない、私とは真逆の性格だ。

あまり施政者には向いていないし、本人もその自覚があり、王になりたいとは思わないと言っている。

それなのにその弟を担ぎ上げようというのだから、よほど私のことが気に入らないのだろう。

ちょうど良い機会なので、一網打尽にしようと決め、私自らおとりになった。

犯人が犯行に選んだのは、ローズマリーとのお茶会の日。

事情を知らない彼女を巻き込む気はなかったが、犯人たちを纏《まと》めて捕らえられる絶好の機会を逃す理由はない。

できるだけローズマリーを巻き込まないようにしようと決意し、お茶会当日を迎えたのだけれど。

──これはダメだ。

目の前で熱く私への想いを語るローズマリーに、己の中にある天秤《てんびん》が一気に傾いていくのを感じる。

お茶会の真っ最中に誘拐事件は起こり、私は予定通り攫われたのだけれど、まさかのローズマリーが追いかけてきたのだ。

彼女を怖がらせるつもりも傷つけるつもりもなかったから「逃げろ」と言ったのに、それはいつもの試し行動でもなんでもなかったのに、彼女は私の命令を無視し、泣きながら追いかけてきた。

幌馬車に乗り込み、私の猿ぐつわと手足の戒めを外し、自分が時間を稼ぐから逃げろと私にそう言ったのだ。

ローズマリーは私がおとりで誘拐されたことを知らない。

本当に誘拐されたと思っているのだ。

その上で、己が犠牲になると言う。

女性の身で捕まりなどすれば、その後どんな扱いを受けるのか、ローズマリーだって知らないわけではないだろう。それなのに彼女は私に逃げろと告げる。

いくら言っても納得してくれないので、仕方なく私には弟という代わりがいるから、最悪死んでも構わないのだと常々考えている本音を告げれば、彼女は「あなたでないと意味がない」と訴えてきた。

――そう、君は私でないとダメなのか。

必死に告げる彼女の表情に声音、全てが本心だと告げていた。

己が犠牲になってでも『私』を助けたい。

彼女が心からそう思っていることを理解し、唐突に「欲しいな」と思った。

このどこまでも必死な人を、私のものにしてしまいたい。

たぶん、本当の意味でローズマリーが私の心に入ってきたのは、この瞬間だったのだろう。

彼女は私の疑念や不信を全てはね除《の》け、ついにその手で勝利をもぎ取ったのだ。

――ああ、うん。分かった。私の負けでいいよ。

その代わり、君をもらうけど。

ローズマリーを引き寄せ、その唇を己のもので塞ぐ。

彼女は驚いていたが、素直にその身を私に預けた。

――ああ、可愛いな。

顔を赤くし、必死に応えようとするローズマリーが愛《いと》おしい。

その後、誘拐事件は無事解決し、私たちは元のお茶会の場所に戻ったが、彼女がチラチラとこちらを気にしている様がとても愛らしかった。

私の態度が変わったことに気づいて、もしかしてと期待しているのだろう。

その期待は大正解だが、彼女はひとつ大事なことを忘れている。

それは私がとても面倒臭く、性格を拗《こじ》らせた男だということだ。

ローズマリーのことは好きだと認めるし、彼女を他の誰にも渡すつもりはない。

結婚だって喜んでしよう。

でも、彼女が待っているであろう「好き」の言葉はまだやらない。

何故って、私のその言葉が欲しくて一生懸命になっているローズマリーはとても可愛いから。

もう少し私のために頑張る彼女を見ていたいというのが本音のところだ。

「恨むなら、こんな面倒な男を好きになった自分を恨んでね」

事件から半年。

今日も「好き」と言ってもらえなかったと分かりやすくしょげながらお茶会から帰っていく彼女を見送る。

可哀想だとは思わない。

どうせ近いうち、耳にたこができるほど聞くことになると分かっているから。

——だからもう少し頑張って。

可愛い姿を私に見せて。

ローズマリーのハッピーエンドは私の手で叶えると、もう決めているのだから。

第三章　ゲームスタート

ヘルムートとはっきり恋人関係になれないまま、私は最終学年に上がった。

もしかしてゲームなんて始まらなくて、何も心配することなんてなかった的な展開が待っているのではと期待もしたが、それは露と消え去った。

『恋する学園』のヒロインであり主人公のウェンディ・カーターが、三年の始業式の日に転入してきたからだ。

「あああああ……やっぱりゲームは始まってしまうのね」

茶色い髪に目という地味な色彩を持つウェンディは、可愛らしい顔立ちをしていた。

私と違って背が低い。男性が「守ってあげたい」と思うような愛らしい容姿と雰囲気を持っている。

ゲームでの彼女は元庶民で、両親が亡くなったあと、本当の父親だというカーター伯爵に迎えられたという設定だ。

貴族令嬢としての知識は何もない。それらを学び補うため、王立オーディオール学園に転入してきたというところから、ゲームは始まるのだ。

真新しい制服に身を包んだウェンディは、同性である私の目から見ても可愛らしい。

もしかして私と同じ、記憶持ちの転生者ではないかと疑い、彼女の行動を注視していたが、どうやらそれはないようだ。

ゲーム知識を使って逆ハー狙いをしよう、みたいな感じではなく、普通に可愛い女の子のようでホッとしたが、積極的に周囲に話し掛けにいくタイプらしく、各攻略キャラたちとも順調に知り合っていた。

そしてそれはメインヒーローであるヘルムートも例外ではない。

いつ知り合ったのか、私が気づいた時にはふたりはそれなりに仲良くなったあとだった。

——くっ、いつの間に⁉　ウェンディの行動には気をつけていたはずなのに……！

ヘルムートを取られては困るので、目の届く範囲は確認していたというのにこの始末。

これがメインヒロインの力なのだろうか。

ヘルムートと親密になるのに十年近く掛かって、いまだ恋人にすらなれていない私にも分けてほしい能力である。

今、私の目の前ではウェンディがヘルムートに質問をしている。

教室内で、私の他にも生徒がいる中で話しているだけといえばそうなのだが、ヘルムートを王子と分かって気安く話し掛けているヒロインがすごすぎるし、彼の方も愛想良く相手をしているので、私の嫉妬がとどまるところを知らなかった。

——私のヘルムート様に近づかないでよ！

大したことをしていないのは分かっていても、相手がメインヒロインと思うだけで「離れて」という気持ちにしかならない。

また、ウェンディの質問も別にヘルムートに聞かなくても良いようなものなのだ。それなのに何故わざわざ彼に聞きに行くのか。

関わらないようにしようと思っていても、嫉妬の炎に焼き尽くされ、行動に出てしまう。

「ちょっとそこのあなた」

ふたりが仲良さそうに話しているのが耐えられず、ウェンディに声を掛ける。

ヘルムートと話していたウェンディがこちらを見た。

「えっと……あなたは」

「私のことを知らないの？　私の名前はローズマリー・ウェッジウォード。ウェッジウォード公爵家の者よ。そしてヘルムート様とは婚約者の間柄」

ふふんと腰に手を当て告げる。ウェンディがハッと気づいたように手を叩《たた》いた。

「あ、あなたがヘルムート殿下の婚約者なんですね。初めまして、ウェンディ・カーターです。クラスメイトとして仲良くしてくださいね」

「よろしく……ってそうじゃないわ。自己紹介をしたいわけではないの。私が言いたいのは、ヘルムート様に近づきすぎないでということ。これは忠告なの。分かるかしら」

「忠告、ですか？」

キョトンとした顔でウェンディが私を見る。その顔はまさに正ヒロインという可愛らしいもので……そう思ったところで、自分が『ザ・悪役令嬢』と言わんばかりの態度を取っていることに気がついた。

——あ、ああああああああああ‼　これ、ゲームで見たやつ‼

間違いない、初期イベントにあった。

ヒロインがヘルムートと話している時に現れるローズマリー。

挨拶をするヒロインに対し、ローズマリーはマウントを取り「身の程を弁《わきま》えなさい」と居丈高に告げるのだ。

そのあとヒロインはヘルムートに「彼女はいつもこんな感じなんだ。癇癪持ちで困ってる。君にも迷惑を掛けてしまいすまないね」みたいな慰めの言葉をもらうのだけれど。

まさに自分がそのイベント通りの行動を取っていることに遅まきながらも気づき、頭を抱えたくなった。

——え、あ、どうしよう……。

いくら嫉妬に駆られたとはいえ、ヘルムートに見捨てられかねない行動を取った己が信じられない。

とにかく、気づいたからには軌道修正が必要だ。

私は慌てて咳払《せきばら》いをし、ウェンディに向かった。

「んんっ……とまあ、すこーし言い過ぎたかもしれないけれど、そういうことよ。あなたも礼節を守った態度を心掛けることね」

なんとか言葉をオブラートに包み、話を纏める。

ヘルムートがこちらを見ていることに気づき、口を開いた。

「あ、それと、一応言っておくけど、私、癇癪持ちではないから。ちょっとばかりカッとはなってしまったけれど、普段はそんなことはないのよ。どちらかというと、温厚な方《ほう》」

「はあ」

「分かったかしら」

「……はい」

よく分からない人だな、とウェンディの顔が言っていたが、保身に忙しかったので、ツッコミを入れるのはやめておいた。

ヘルムートに「あいつは癇癪持ちで困ってる」なんて絶対に言われたくないのだ。

そこから嫌われて……なんてルートはお断り。この十年弱の苦労が水の泡ではないか。

「じゃ、じゃあ、私は行くから。ヘルムート様、私先に帰ります」

放課後だったので、そうヘルムートに告げる。彼も「あ、ああ。気をつけて帰るんだよ」と返事をしてくれた。

何事もなかったかのように教室から出る。口から大きすぎる溜息《ためいき》が零《こぼ》れた。

「はああああああ……何、今の。気づいたら悪役令嬢をやってたとか、怖すぎ……」

しかも言うに事欠いて「温厚な方」とかなんだそれ。自分で言うとか格好悪すぎる。

「ううう……ダサい」

これが噂《うわさ》に聞くゲーム補正というものだろうか。

転生前、本で読んだ。

本筋から逸脱しようとすると、元のルートへ戻そうと補正する力が働くのだ。

今の私の言動もその一端なのではないだろうか。

「――って、違うわ。そんなことはないわね」

どう考えても私の意思だ。

ウェンディにヘルムートを取られまいと動いた私の意思。

何かのせいにするのは違うと思う。

とはいえ、安穏とはしていられない。

すでにヒロインはゲームを開始している。まだ序盤なので、誰を選ぶのかまでは分からないが、先ほどの感じだとヘルムートの可能性だって十分ある。

嫉妬なんて格好悪いと分かっているが、ヘルムートと仲良くされるのは絶対に嫌なので全力で邪魔をする所存だ。

「うう……ゲームが始まる頃にはラブラブの恋人になっている予定だったのに」

理想と現実は違う。

ヘルムートとの関係は今も曖昧なままで、キスだって去年のあの一回だけだ。

『好き』の言葉ももらえない中、不安になるなというのが無理な話だと思う。

「ヘルムート様に嫌な女だと思われないように上手くヒロインと引き離さなきゃ」

でなければ、ヘルムートを取られてしまう。

かなりの高難易度ミッションだが、降りる気はなかった。私は自分の婚約者が奪われるのを指をくわえて見ているだけの女ではないのだ。

校舎の廊下を歩きながら、今後のことを考える。

ふと立ち止まり、後ろを振り返った。

ヘルムートはいない。きっとまだウェンディと話しているのだろう。

「っ……！」

胸に痛みが走った。

今すぐ駆け戻りたい気持ちに駆られたが、さすがに自分から出て行ったのに「やあ」とばかりに戻ってくるのは違うだろう。

ヘルムートにも怪訝な顔をされるはずだ。それは困る。

「今日はこれ以上邪魔できない。明日……明日からが勝負よ……」

後ろ髪を引かれる思いだったが、振り切って歩き出す。

負け犬の遠吠《とおぼ》えとはこういうことを言うんだろうなという想いが胸を過《よぎ》ったが、自覚すると惨めなので、気づかない振りをした。

「ヘルムート様は私の婚約者よ。元平民では常識がないのもしょうがないのかもしれないけれど、婚約者のいる異性に気安く近づかないでくれるかしら？」

◇◇◇

それから数ヶ月。

放課後の教室で、私は元気に悪役令嬢をやっていた。

いや、私だって本当はこんなことをしたくなかったのだ。

だけどヒロインであるウェンディが、やたらとヘルムートに絡んでくる。

他にも攻略キャラはいて、彼らともそれなりに仲良くしているのだからそちらに行ってくれればいいのに、彼女は何かとヘルムートのところへやってくるのだ。

しかもわりと気が強い性格だったようで、平然と言い返してくる。

今も私の目の前に立ちはだかり、一歩も退かないとばかりにこちらを睨《にら》んでいた。

「ヘルムート様はものを知らない私に親切にしてくださっているだけ。私から近づいたなんて事実はありません。そのような言い方はしないでください」

可愛い顔をして、辛辣なことを言ってくる。

こちらはヘルムートが近くにいることもあり、癇癪持ちと思われない程度に収めなければならないのでかなり不利だ。

本当はもっと色々言ってやりたいのだが、やりすぎるとヘルムートに嫌われるかもしれない。それは絶対に避けたかった。

それでも言うべきことは言わせてもらうけれど。

「まあ！　公爵家の令嬢たる私に伯爵家風情の人間が言い返してくるなんて。口の利き方から学び直した方が良いのではなくて⁉」

これくらいならいけるかと思いながら告げる。

すでにこの手のやり取りは常態化しており、教室内にいる皆が「ああ、またか」的な顔でスルーし、帰り支度を始めていた。

悪役令嬢と激しく舌戦を繰り広げるヒロイン。

ゲームでこんな場面もあったなと思い出し、自分が悪役側だという現状に泣きたくなる。

いつの間にか、教室内には私とウェンディ、そしてヘルムート以外の人はいなくなっていた。

醜い言い争いを何故か楽しげに観察していたヘルムートが「じゃあ、そろそろ私は帰るよ」と時計を見ながら告げる。

その言葉で、今日の戦いは終わりだということが分かった。

ヘルムートが笑顔で私たちに告げる。

「それじゃあお先に」

「あ、はい。お疲れ様でした」

さらりと別れの言葉を告げ、ヘルムートが帰っていく。それを見送ると私とウェンディのふたりだけになった。

「……」

ちらりとウェンディを見る。彼女も帰り支度を始めていた。

「ちょっと」

「もうこんな時間。私、街の図書館で約束があるんだった。急いで行かなきゃ！」

慌てて教室を飛び出して行くウェンディを引き留めようとしてやめる。

ゲーム序盤の展開を思い出したからだ。

ゲーム序盤では、各キャラに会うには所定の場所に行かないといけないのだ。

ヘルムートは学園の教室にいることが多いが、放課後の図書館には確か、アーノルド・ノイン公爵令息がいたはず。

眼鏡をかけた敬語で話すのが特徴の彼だが、そんなアーノルドも攻略キャラのひとり。

そしてヘルムート以外のキャラクターと交流を深めるのであれば、私が邪魔をする理由はないわけで、むしろ笑顔で送り出すべきだった。

「……ヘルムート様でないのなら、別に良いのよ」

誰もいなくなった教室でひとり呟く。

ヘルムートを選びさえしなければ、むしろ協力したいくらいなのだ。

「ほんっと、さっさとヘルムート様以外を選んでくれればいいのに……って、あれ……」

立ちくらみのようなものが起こり、近くの机に手をついた。それと同時に思い出す。

『恋する学園』には続編があって、そのヒロインとメインヒーローも何故か現在、クラスメイトとして在籍していることを。

「え、何、続編……?」

記憶が次々とあふれ出す。

思い出した続編は『1』とは違って、R18指定の大人な乙女ゲームだった。

ここはゲームではなく現実世界なので、レーティングを気にしたところで意味はないと思うのだけれど、どうして今、このタイミングで思い出したのだろう。

確かに続編もプレイしていたが、私には関係のない話のはずなのに。

そう首を傾げたところで、続編のヒロイン――レイチェル・トッド侯爵令嬢――がやたらとニヤニヤしながら私やウェンディを観察していたことも芋づる式に思い出した。

今の今まで全く気にも留めていなかったけど、レイチェルは私たちのやり取りを毎度楽しんでいる感じだったのだ。

もう帰ってしまったが、先ほどだってほぼかぶりつきで観察されていたような気がする。

本当に今まで全く気づかなかったけれど。

「……今の立ちくらみと何か関係ある？　いや、そんなことより」

もしかしなくても、レイチェルは私と同じ、日本からの転生者ではないだろうか。

楽しげに私とウェンディのやり取りを観察していたことからも、それは察せられる。

「続編ヒロインだもの。まさかヘルムート様を狙うなんてことはないと思うけど」

彼女の側には続編のメインヒーローがいた。思い返してみれば、彼らはいつも一緒にいたような気がする。

ちなみに続編のメインヒーローは、ラインハルト・オーニクソンという名前で、公爵家の遠縁という触れ込みで学園に通っているが、本当は隣国メイソン王国の王太子である。

確か、ヘルムートとも付き合いがあるはず。

ヘルムートは知らんふりをしているが、隣国の王子同士、知らないなんてことはないし、式典などで顔を合わせているのは知っている。

分かっていてお互い無視をしているのだろう。関わりたくないのだろうか。

「ああいや、今はそんなことを考えている場合じゃないわ」

大事なのは、レイチェルのこと。

彼女にはヘルムートは私のものだと、一度どこかで釘《くぎ》を刺しておいた方が良いかもしれない。

これ以上、ライバルが増えるなんてお断りなのだ。続編のヒロインは続編のヒロインらしく、側にいたラインハルトとでも幸せになるといい。

「……」

教室に残ったままレイチェルのことを考えていると、ガラリと扉が開いた。

「あら、まあ……」

「え……」

なんというタイミングだろうか。

やってきたのは、帰ったはずの続編ヒロインであるレイチェルだったのだ。

彼女は私がいることに驚きを隠せない様子で、目を丸くしている。

それは私も同じなのだけれど、ここでハッと気づいた。

誰もいない教室でふたりきりというシチュエーション。レイチェルに釘を刺すには絶好の機会ではないだろうか。

「座りなさいよ。ちょっと話があるわ」

おろおろとしているレイチェルに話し掛ける。

レイチェルはピンク色の髪に緑色の瞳をした、ウェンディとはまた違ったタイプの可愛らしい女性で、キラキラとしたヒロインオーラが煌《きら》めいていた。

——こんな目立つ子に今まで気づかなかったのが嘘みたいなんだけど。

不思議で仕方ないが、気にしても仕方ない。

椅子に座ったレイチェルに、早速話をする。

そうして分かったのは、彼女が私と同じ前世持ちであることと、己が続編ヒロインだと知らなかったということだった。

レイチェルは『恋する学園』一作目のファンで、二作目は発売していたことすら知らなかった。役割のない群衆の一人――つまりはモブに生まれ変わったのだと信じ、今の今まで、ゲームを観察して楽しんでいたのだとか。

彼女自身に誰かと恋愛関係になりたいという欲はなく、ただ外から眺めていたいというタイプ。

当然、ヘルムートとどうにかなろうなんて気があるはずもなかった。

というか、すでに続編ヒーローであるラインハルトに口説かれているらしく、それどころではない模様だ。

誰かと結ばれるつもりはないときっぱり告げたレイチェルの顔に嘘は見られない。

それならば仲良くなれるのではないだろうか。

お互い色々と協力しあえるし。そう思い、彼女と友人になった。

考えてみれば友人なんて存在ができるのは、転生してから初めてかもしれない。

しかもレイチェルとは前世についても話すことができるのだ。

彼女は侯爵家の令嬢でそれなりに身分も高いから、友人となるのに問題はないし、最初、続編ヒロインがいると気づいた時は焦ったが、結果として非常に満足していた。

「私を利用してやろう、みたいな感じでもないし……ふふっ、少しは学園生活が楽しくなりそうだわ」

私にとって学園とは、ウェンディのヘルムートルート入りを防ぐために通っているだけのものだったので、別の楽しみができたことは素直に嬉しい。

上機嫌で教室を出る。

校門まで迎えに来ていた馬車に乗り、屋敷へ帰った。

自室に戻るなり、制服から真っ赤なドレスに着替える。胸の開いた派手なデザインだ。身体のラインが分かる細身のもので、着ると大人っぽい雰囲気が出る。

髪も巻き直して、姿見に向かった。用意を手伝ってくれたメイドたちが、口々に「よくお似合いです。ヘルムート殿下もきっとお褒めくださいますよ」と言ってくれる。

「そう？　そうよね」

後れ毛を確認しながら頷く。

ヘルムートは何も言わなかったが、実は今日、彼とのお茶会なのだ。

一週間に一度のお茶会は、基本、ヘルムートの予定のない時に行われる。

今週は休日に外せない外交があるとかで、今日の放課後に変更となっていた。

先ほど乗った馬車で、今度は王城へ向かう。案内されたのは大庭園とは違う別の庭だ。今日もお茶会は外で行われるようである。

ヘルムートはすでに到着しており、ガゼボで本を読んでいた。

彼も制服ではなく、私服に着替えている。王子らしい華やかな装いだ。ブルーとゴールドの色合いがよく似合っている。

——ああ。

ふと、子供の頃に見たのと同じ光景だと気づき、感慨深い気持ちになった。

目を伏せて本を読む姿にグッとくる。

あの小さな天使が更に魅力と美しさを増して、大人になったのだ。その姿は溜息が出るほど麗しく優美で、改めてヘルムートを推し続けて良かったなと思った。

——あとは、ヘルムート様と恋人関係になれれば言うことはないんだけど。

それがなかなかに難しい。

「ああ、ローズマリー。先ほどぶり」

私の視線に気づいたのか、ヘルムートが先に声を掛けてきた。

「こんにちは、ヘルムート様。お仕事は宜しいのですか?」

「うん。急ぎのものは片付けたから。さて、今日はザッハトルテを用意させたよ。飲み物はコーヒーにしたけど構わないかな」

「はい」

ガゼボの側に設置されたテーブルの上には、すでにザッハトルテが準備されていた。

側に控えていた女官がコーヒーカップに飲み物を注ぐ。

「さあ、召し上がれ」

「いただきます」

女官が下がり、ふたりきりでお茶会を楽しむ。

ザッハトルテを楽しんでいたヘルムートがフォークを置き「そういえば」と思い出したように言った。

「ローズマリーはずいぶんとカーター嬢に突っかかっているみたいだけど、何がそんなに気に入らないの？」

「突っかか……あ、あの、私、癇癪を起こしたりはしていません！」

思わず立ち上がる。

別に癇癪を起こしたと言われたわけでもないのに、つい弁明してしまった。

ヘルムートがポカンとした顔で私を見る。

「いや、癇癪を起こしているとは思っていないけど」

「へ」

「ただやたらと彼女に突っかかっているから、何かあるのかなと思って。ローズマリーって、普段はそんなことしないからね」

「え、えっと……その……」

両肘をついて、楽しげにこちらを見てくるが、さすがに「ヘルムート様を奪われたくないから」とは恥ずかしくて言えなかった。

誤魔化《ごまか》すように笑い、なんとか話題を変えようと試みる。

「あ、あのですね……あっ！　そういえば、私、友人ができたのです」

目新しい話題といえば、これしかない。

苦し紛れではあったが、ヘルムートの興味を引くことには成功したようだ。

「ローズマリーに友人が？　一体、誰と友人になったんだい？　まさか男子生徒ってことはないよね？」

「いえ、女生徒です。レイチェル・トッドという名前なんですけど」

「トッド……ああ、トッド侯爵の娘か」

「はい」

国内貴族は全て頭に入っているのだろう。すぐに誰か分かったようだ。

「確か、彼女はクラスメイトだったよね。今まで全く交流がなかったと記憶しているけど、またどうしていきなり友人に？」

「その……今日の放課後、ヘルムート様が帰られたあとのことなんですけど、たまたま会話をする機会があったのです。それで意気投合してしまいまして」

「君が？　本当に珍しいね。まあ、トッド侯爵の娘なら君が友人とするのに不足はないだろうけど。トッド侯爵も穏やかな人柄で、特に問題もないから……うん、良いんじゃないかな」

どうやらレイチェルはヘルムートのお眼鏡に適《かな》ったようだ。

私としても、付き合うのはやめておけと言われなくて良かった。せっかくできた友人を早速失いたくはない。

「友人なんて初めてなので、嬉しいです」

周囲に目をやる。

春の終わりから初夏に見頃となる薔薇が綺麗に咲いていた。赤やピンク、黄色に白と色とりどりで見応えがある。

薔薇の芳香にうっとりと目を細めていると、ヘルムートが椅子から立ち上がる音がした。

「ヘルムート様？　……きゃっ」

振り返ろうとしたタイミングで、後ろから抱きしめられた。

突然の出来事に頭の中が一瞬で真っ白になる。

——え、え、え、え、え？　何⁉　何事⁉

「へ、ヘルムート……様……？」

驚きすぎて、声が震えていた。何がどうなってこんなことになっているのか分からない。

ただ、背中に彼の体温を感じ、どうしようもなく顔が赤く火照った。

「あ、あの……」

「ねえ、ローズマリー」

「は、はいっ……」

後ろから有無を言わせない声がし、反射的に返事をした。

「君に友人ができたことは喜ばしいことだよ。私としても嬉しく思う。仲良くするのも良いんじゃないかな。でも――」

「……ひぅっ」

耳元に温かな息が掛かり、肩がビクリと跳ねた。

こんな近くにヘルムートを感じたのは、キスをされた時以来だ。

彼の腕の中にいるという事実に全身が緊張してガチガチに固まっていた。

「――あんまり友人のことばかりにかまけていると、拗《す》ねてしまうよ。それは覚えておいて」

頬に唇が押し当てられ、目を見開く。

「えっ……」

「忠告はしたからね。はい、おしまい」

パッと両手が離された。ヘルムートの温《ぬく》もりが消える。慌てて振り返ると、彼はいつも通りの笑みを浮かべていた。

「ちゃんと覚えておいてね。さ、ザッハトルテを食べようか。今日はお代わりもあるんだ」

にこやかに告げ、自席に戻っていく。

ヘルムートはまるで何もなかったかのような顔をしていて、狐《きつね》につままれたような心地になるが、今起きたことは現実だ。

「え、えっと……ヘルムート様？」

もう少し色々と詳しく説明してほしい。

具体的には拗ねるとか、最後のキスとか、その辺りを。

「何？　ほら、ローズマリーも座って。ああ、コーヒーが冷めてしまったね。女官を呼んで新しいものに代えてもらおう」

「あ、あの……はい」

期待を込めてヘルムートの顔を見るも、彼は先ほどの言葉通り「もう終わり」と言わんばかりで、話を続ける気はなさそうだ。

食い下がったところで嫌がられるだけだと分かっている。

――もう。

知っている。恋なんて先に惚《ほ》れた方が負けなのだ。

溜息をひとつ。話は諦め、着席する。

その後、コーヒーとザッハトルテをいただき、何事もなかったようにお茶会は終わった。

◇◇◇

レイチェルと友人になった次の日。

私はモヤモヤとした気持ちを抱えながら登校した。

昨日のヘルムートの行動、その真意を尋ねたい。

私のことを好きだと思ってくれているのか、それとも単なる戯《たわむ》れから言ったのか、気になって一睡もできなかった。

「ううう……」

ヘルムートが「終わり」と言った以上、問い詰めたところで答えをもらえないことは分かっている。

だけどやっぱり気になるのだ。

だってゲームはすでに始まっている。ヒロインのこともあるし、ヘルムートの気持ちがどこにあるのか確かめたい。

悶々《もんもん》としたまま、午前の授業を終える。

昼休みになり、私はヘルムートと一緒にローズ・カフェへと向かった。

この学園には生徒が使える食堂が三つある。ローズ・カフェはそのうちのひとつなのだ。

街中にあるお洒落《しゃれ》なカフェのように壁がガラス張りになっていて、非常に開放感がある。

メニューもカフェメニューが他のふたつの食堂よりも多く取り入れられていて、女生徒に人気だった。

パンケーキランチを頼み、奥にある席へ行く。丸テーブルの四人掛け席だが、ここはヘルムートと私の専用席ということになっている。

もちろん、そうしろと命令したわけではない。

なんとなく不文律的に決まったというのが正しかったが、王族や公爵家に配慮するのは下級貴族にはよくあることだし、身分が上である私たちが『ここ』と席を決めてしまった方が、他の生徒たちも自席を選びやすい。

そのため、何も言うことなくこの席を使っているのだけれど、食事も終わりかけになった頃、事件は起こった。

なんとウェンディが空気を読みもせず、私たちの専用席に来たのだ。

昼休みはヘルムートとふたりきりで過ごせる大事な時間。それをヒロインが奪おうとしているのだと気づき、一瞬でカッとなった。

席から立ち上がり、ウェンディの目の前に立つ。完全に頭に血が上っていた。

「――一応聞くわ。あなた、何をしにきたのかしら」

「何をって、聞くまでもないと思いますけど」

チラリとウェンディが、丸テーブルを見る。

あとふたり座れるではないかとその目が物語っていた。

――は？　放課後だけじゃ飽き足らず、昼休みまで邪魔しようっていうの？

そんなの絶対にお断りだ。

両手を腰に当て、宣言する。

「ここは！　私とヘルムート様の場所！　分かったら、今すぐここから出て行ってくれるかしら⁉」

「別に私が来たって構わないでしょう⁉　席は空いているし、昼食を取りながらヘルムート様とお話ししたいって思っただけ！　それの何が悪いんです⁉」

「悪いに決まっているじゃない！」

堂々と言い返してくるウェンディが憎らしくてたまらない。

「言葉にしないと分からないのかしら。私とヘルムート様の邪魔をしないでって言っているのよ！」

「邪魔って……」

ウェンディが目を丸くする。だがすぐにキッと眉を吊《つ》り上げた。

「邪魔扱いするなんて酷《ひど》いです！　一緒に食事を取りたいってそんなにダメなことなんですか？」

退くつもりはないと彼女の目がいっている。

私としても譲る気はなかった。だが、大声で怒鳴り合っていたせいか、食堂にいる生徒たちの注目を浴びている。

私だけならいいが、側にいるヘルムートも被害を被っているだろう。

さすがにそれはさせられない。

さっと目をやり、ヘルムートの食事が済んでいることを確認する。

どうやら私たちがやり合っていた間もマイペースに食事していたようだ。

私は食後の紅茶が残っているが、これくらいなら終わりと言っても構わないだろう。

勝利の笑みを浮かべ、ウェンディに向かった。

「……そう。なら、どうぞ。ただ、私たちはもう食事を終えたから、ひとりで食べることになると思うけど」

「えっ……」

「そうですよね、ヘルムート様」

ヘルムートに目を向ける。自分にお鉢が回ってくると思わなかったのか、ヘルムートは驚いた顔をしたが、すぐに笑みを浮かべて頷いた。

「そうだね。ごめん、カーター嬢。ちょうど食事を終えたところだったんだ」

「そんなぁ……」

テーブルの上を見れば、嘘でないことは明らかだ。

ウェンディは悔しそうにしていたが「そういうことなら今日は諦めます。ひとりで食べても美味しくないもの」と言って、私たちから離れていった。

「……良かった」

たとえ少しの間だろうと、ヘルムートとの楽しい時間を邪魔されるのは耐えられない。

なんとか追い返すことに成功したと胸を撫《な》で下ろしていると、少し離れた場所にレイチェルがいるのを見つけた。

「……うわ」

なんだかとてもキラキラした目で私たちを見ている。

もしかしていつもこんな感じで見られていたのだろうか。

昨日まで全く気づかなかったが、この熱い視線を無視できていたというのも怖い話だ。

ヘルムートが「おや」と呟く。

「彼女、昨日言っていた友人になったたって子じゃない？」

「はい、そうです。あの、ヘルムート様、少し彼女のところへ行ってきて構いませんか？」

見つけた限りは無視できない。

ヘルムートに断ると、彼は快く頷いてくれた。

「もちろん構わないよ」

「ありがとうございます」

礼を言い、レイチェルの元へ向かう。私たちの観察を終えた彼女は、自席でデザートを食べているようだった。隣には、続編ヒーローであるラインハルトが座っている。

レイチェルを見る目は優しく、彼が彼女のことを愛しているのは誰の目にも明らかだった。

「あらあら」

レイチェルは恋愛したくない的なことを言っていたが、こんな目を向けられていてはなかなか逃げるのも難しいだろう。

だって完全にラインハルトはレイチェルに惚れている。

外から見て分かるくらいだ。今更レイチェルが他のルートを行こうとしても許さないだろうし、彼女がラインハルトルートへ入るのは時間の問題のように思えた。

——乙女ゲームのヒーローって、一度この人と決めたら凄《すさ》まじい執着を見せてくるものね。諦めるなんてあり得ない。

レイチェルも大変だなと他人事のように思いながら、彼女に声を掛けた。

「レイチェル、やっぱりいたのね！」

「あ、ローズマリー」

彼女が食べる手を止め、私に目を向けてくる。

のほほん顔の彼女を見ていると、なんだか妙に気が抜けてしまった。

「私たちを見ていたでしょう？　ほんっと、昨日から急に視界に入るようになったものだから気になっちゃって。今まで気づかなかったのが嘘みたいだわ。いつも今みたいに見ていたの？」

「え、うん。まあ、趣味というか生きがいみたいなものなので。あ、勝利おめでとう」

フォークを置き、パチパチと拍手をしてくる。

暢気《のんき》だなあと思いながら、空いている席に腰掛けた。

「生きがいねえ。あなたも当事者になったって自覚はあるのかしら。私、関係ありませんみたいな顔で観察してくるのはやめてくれる？」

「や、私モブだし」

この期に及んで、まだ『モブ』と言い張る彼女に心底呆れた。

「押しも押されもしないヒロイン様が何言ってるんだか。自覚はないみたいだけど、あなただって回りから見たら十分面白いことになっているんだからね？」

「え」

どうやら自覚がないらしい。

こちらをキラキラした目で見てくる彼女も、それに付き合うブスくれた顔をしているラインハルトも、気づいてしまえば面白い限りだ。

なんとなくラインハルトを見る。

赤い髪に紫色の瞳という、二次元でしかあり得なさそうな配色だ。

男らしい正統派イケメンで『1』のメインヒーローであるヘルムートとはタイプが違う。

ヘルムートは柔らかな雰囲気漂う中性的な美貌の持ち主だから『1』と『2』で変えたのだなと、なんとなく制作者側の意図を感じてしまった。

——まあ、私はヘルムート様が一番だけど。

『恋する学園』は続編もプレイ済みではあるが、私の最推しはヘルムートなのである。

ラインハルトも眉目秀麗で目の保養にはなるのだけれど、ヘルムートを前にした時のようなトキメキは感じない。

「やあ」

やはり私はヘルムートが一番だと再認識していると、何故かそのヘルムートまでこちらにやってきた。

「私も交ぜてもらって構わないかな。ローズマリーがこんなにも楽しそうにしているのは初めて見るよ。ヘルムート・ローデンだ。宜しく」

レイチェルに向かって笑い掛けるヘルムート。

優しい笑顔を向けられた彼女に嫉妬し、反射的にレイチェルを見れば、なんと口の端を引《ひ》き攣《つ》らせていた。

——あれ、まあ。

彼女の様子を見て燃え上がった妬心がおさまっていく。

レイチェルが口を開いた。

「レイチェル・トッドです。その……よろしくお願いします……」

蚊の鳴くような声で返事をしているが、その声音から『認識されたくない』という気持ちがヒシヒシと伝わってきて悪いけど笑いそうになった。

どうやら彼女が『ゲームを観察したいだけ』と言っているのは本当のようだ。

——レイチェルに対しては嫉妬する必要ないみたい。

今も絶望の表情を浮かべ、天を仰いでいる。

「ああ……神はなんて無情なの……冷酷無比ってまさにこのことだわ」

よほど認識されたくなかったらしい。嘆き方が本気すぎる。

すっかり安心した私は、遠慮なく彼女に告げた。

「あなたに都合のいいようにはできていないってことよ。いい気味だわ」

「ねえ、ちょっとローズマリー、私に対して遠慮がなさすぎない？」

「今更。あなた相手に遠慮したってしょうがないでしょ」

「ううう……辛辣ぅ」

本音で話せるのがとても楽しい。

機嫌よくレイチェルに絡んでいると、ヘルムートが感心したように言った。

「本当に仲が良いんだね。今までローズマリーには仲の良い友人がいなかったから嬉しいよ。――おや、ラインハルトじゃないか」

どうやらレイチェルの隣にいたラインハルトに気がついたようだ。

ヘルムートはパアッと顔を輝かせると、嬉しげにラインハルトの側に寄って行く。

「なんだ、君もいたのか。ん？　どうして彼女と一緒に？」

「私に触れるな、ヘルムート。そんなもの、一緒にいたいからに決まっている。私が無意味に行動する男だと思うのか？」

「思わないから聞いたんだけど……へえ？　もしかして君、彼女のことが好きなの？」

「そうだが。それ以外に共にいる理由などないだろう」

「へえ！　ほとんど他人に興味を示さない君に好きな人！　良かったじゃないか。おめでとう」

「……お前は本当にうるさい男だな、ヘルムート」

親しげに話すふたりをぽかんと見つめる。

ふたりは気心の知れた者同士ならではの会話をしていて、単なる友人のひとりとは思えない親しさだ。

隣国の王子であるラインハルトと付き合いがあることは知っていたが、これほど親しい間柄だとは思わなかった。

よくよく聞いてみれば、幼馴染《おさななじ》みで付き合いも長いとのこと。

同い年の王子同士なのだ。友人同士だとしても不思議はない……というかむしろ納得しかなかった。

「仲、いいわね」

「本当。……ラインハルトとヘルムート殿下が仲良いって知らなかったの?」

私の独り言にレイチェルが反応し、尋ねてくる。

それに「知らない」と返した。

レイチェルは「ふうん」と頷きつつも「それはそうとして……二人並ぶと目の保養よね」とか言い出している。

先ほどまでヘルムートに認識されたショックで天を仰いでいたのと同じ人物とは思えない変わり身の早さだ。

さすがの私も呆れてしまった。

「あなた、ここに来てまでそれなの？」

「眼福、眼福」

今度は手を叩いて拝み始めた。そんな彼女を見たヘルムートが噴き出す。

「ぷっ……。ラインハルト、君、こういうタイプが好きだったの？　意外すぎるんだけど」

「……非常に遺憾ではあるがな。どうやらそのようだ」

ラインハルトの肩を叩き、ヘルムートが笑っている。

ラインハルトの方は不本意という顔をしているが、私はあまり見ることのないヘルムートの表情に釘付《くぎづ》けになってしまった。

年相応の笑顔にドキッとする。

――め、珍しいものを見てしまったわ。

親しい友人と楽しげに話すヘルムートなんて、初めて見たのだ。

幼馴染みだと言っていたが、これはもはや親友と言ってもいいレベルなのではないだろうか。

ヘルムートに親友。

彼が分厚い心の壁を築くタイプであることは知っているので、それを打ち破ったであろうラインハルトがすごすぎる。

もしコツがあるのなら、伝授してほしいくらいだ。

何せ私はまだ完全に壁を崩せたとは思えていないので。

だいぶ近づけたかなと自画自賛しているが、相変わらずヘルムートが何を考えているか分からないし振り回されまくっているので、彼の心の内側に入れたとはとてもではないが思えないのである。

しかし、ラインハルトがレイチェルを好きだと明言したことと、それをヘルムートが笑って応援している様を目の当たりにしたことで、レイチェルに対する嫉妬を完全に無くせた。

レイチェルもヘルムートに対し、ゲームの登場人物としての興味はあるみたいだが、そもそも認識されたくないとか言っている時点で、恋愛対象でないのは明らかだ。

色々と納得できたことで気持ちがかなりすっきりした。

晴れやかな気分でレイチェルに目を向ける。彼女はと言えば、場にそぐわぬ重苦しい溜息を吐いていた。

——あらあら。

恋愛する気のないレイチェルからしてみれば、今の会話自体が迷惑なものなのだろう。その顔には対応に困ると書かれてあった。

「前途多難ね。頑張って」

明るく告げると、恨みがましげな目を向けられた。

とはいえ、言い返す気力もないようだ。

「じゃあ、私たちは先に行くよ。邪魔をして悪かったね。また、午後の授業で」

ヘルムートが話を締め、ラインハルトに手を振る。

私もレイチェルに「またね」と言い、ヘルムートと一緒に食堂を出た。

もうすぐ昼休みも終わるので、午後の授業が行われる場所へと移動する。

午後は講堂でダンスレッスンがあるのだ。

ダンス用の練習着に着替えるため、少し早めに行く必要がある。

レイチェルたちもすぐにやってくるだろう。

「――それにしてもさっきの君には驚かされたよ」

ふたり並んで歩いていると、ヘルムートが楽しそうに言った。

「さっきの、ですか？」

なんの話だろう。

首を傾げると、彼は「カーター嬢に対する君の剣幕《けんまく》だよ」と告げた。

「え」

「いやあ、すごかった。カーター嬢に一歩も退かずにやり合って。前からカーター嬢とはよく揉《も》めていたけど、今日は特に迫力があったよ。びっくりした」

そう語るヘルムートの声は穏やかで、私を責める色はない。

それにホッとし、口を開いた。

「当たり前です。だってあなたは私の婚約者なんですから。ああいう邪魔のされかたは許容できません。だから怒ったのですけど……その……そういうのはだめ、ですか？」

心が狭すぎると言われればその通りとは思うので、ヘルムートがどう思っているのか気になる。

チラリと彼の顔色を窺《うかが》うとヘルムートは少し考えるように目を伏せた。

「ダメではないよ。そうだね、嬉しいと思うかな」

「えっ……」

まさかの『嬉しい』という答えが返ってきて驚いた。

いつものヘルムートならせいぜい前半の「ダメではないよ」くらいではないだろうか。

嬉しいという言葉があったことに吃驚《びっくり》し、ヘルムートを見つめる。

「へ、ヘルムート様……その、嬉しいって……」

「あ、授業に遅れるね。少し急ごうか」

どういう意味で言ってくれたのか聞きたかったが、さらりと躱されてしまった。

いつもの笑顔で「行こう」と言われてしまえば、それ以上私に言えることなどない。

色々聞きたい気持ちを堪え「はい」と従うしかなかった。

◇◇◇

午後の授業が始まった。

練習着に着替えた私はダンスホールに出て、ヘルムートを探していた。

ダンスは男女ペアで踊るのだ。

私は当然、ヘルムート様と組むつもりだった。

「ヘルムート様、まだ着替えが終わっていないのかしら」

「……ローズマリー様」

「何……って、あら……」

振り返れば、そこには同じく練習着になったウェンディが立っていた。

昼休みに引き続き、またとなれば、眉も勝手に中央に寄るというもの。

あからさまに不機嫌になった私に、ウェンディが言った。

「あの、今日のダンスですけど、私がヘルムート様と踊っても構いませんか？」

「は？　何を言っているの？」

あまりにもはっきりと『譲れ』と告げられ、目を見開いた。

「ヘルムート様は私の婚約者だと言ったでしょう？　ペアダンスの相手には、恋愛関係や婚約関係にある者が優先されるって知らないのかしら」

「知っています。だからローズマリー様に話を通そうと思って。ほら、ヘルムート殿下ってダンスもお上手でしょう？　私、まだダンスに慣れていなくって。上手な人にリードしてもらえたらなって思ったんです」

「上手な人ならヘルムート様以外にもいくらでもいるわ。わざわざヘルムート様を選ぶ必要なんてないのではなくて？」

「え、だってヘルムート様が以前『困ったことがあったら力になるよ』って言ってくださったから」

だから頼もうと思ったのだと告げるウェンディに、私を陥れてやろうなんて意図がないのは分かっている。

彼女はヒロインらしく、ヒーローに言われたことを鵜呑《うの》みにして助けてもらおうと考えているだけなのだ。

実際、ゲームでは、ヒロインが「一緒に踊ってください」と頼めば、ヘルムートは「もちろん」と笑顔で受け入れる。

ちなみに悪役令嬢のローズマリーは当然嫌がるが、ヘルムートに「彼女はまだダンスに慣れていないんだ。少しくらい譲ってあげても構わないだろう」と諌《いさ》められていた。

——もしかして、ゲームと同じ展開になるんじゃ……。

あんなに悪役令嬢になりたくないと思っていた私が、今現在そうとしか思えない行動を取っていることからも、可能性は十分ある。

もしヘルムートに「譲れ」と言われたら引き下がるしかないが、想像しただけで身を切られる思いがした。

——嫌だ、嫌だ、嫌だ……。

ウェンディとヘルムートが踊るところを想像し、吐き気がした。

「ああ、こんなところにいたんだ」

ウェンディと対峙《たいじ》しながらも唇を噛みしめていると、ヘルムートがやってきた。

彼を見たウェンディがパッと顔を明るくする。

「ちょうどいいところに。ヘルムート殿下、よければ私にダンスを教えていただけませんか？　私、ダンスなんて殆ど経験がなくて、リードしていただければなって」

「ちょ、ちょっと、あなた……」

どうやらウェンディは直談判《じかだんぱん》することにしたらしい。

私を押《お》し退《の》け、笑顔でヘルムートにアピールしている。

ウェンディから誘いを受けたヘルムートが目を瞬かせ、申し訳なさそうに眉を下げた。

「ごめんね。お誘いは嬉しいけど、私はローズマリーと踊るから」

「えっ……」

「彼女も言っていただろう？　私たちは婚約者なんだ。だからこういう時は彼女を優先してあげたい」

「……」

ウェンディは目を丸くしていたが、私も同じくらい驚いていた。

てっきりウェンディの誘いを受けると思っていたのに、まさか彼の方から断りを入れるなんて。

「頼ってくれたのは嬉しいけどね。やはりペアダンスは特別だから、君とは踊れない」

「そう……ですか。分かり、ました」

ショックを受けた様子ではあったが、なんとかウェンディは頷いた。

彼女も断られるとは思っていなかったのだろう。

頭を下げ、逃げるように私たちから離れる。

「あの、ヘルムート様……」

「私のパートナーは君だろう？　それとも私の勘違いだったかな」

「い、いいえ、その通りです」

「良かった。それじゃあ踊ろうか」

ウェンディと言い合いをしている間に、授業は始まっていたようだ。

すでに音楽が流れており、ペアとなった生徒たちが踊っている。

この授業は、ダンスができる貴族には息抜きみたいなもので、皆、楽しげな様子だ。

私も当然踊れるし、婚約者という立場上、今まで何度も夜会で彼と踊ってきた。

「君のダンスはいつも綺麗だね。踊っていてとても楽しいよ」

「ありがとうございます」

微笑みながら、曲に合わせて踊る。

ヘルムートのリードは的確で、いつもとても踊りやすい。踊りながら周囲に目を配ると、レイチェルがラインハルトと踊っているのが見えた。

「あら」

「さすがラインハルト。狙った獲物は逃さないようだね」

私の視線を追ったヘルムートが楽しげに目を細める。

友人が想い人と踊っているのが嬉しいようだ。

でも。

「レイチェルったらあんな嫌そうな顔をしなくても」

よほど不本意なのだろう。ラインハルトと踊るレイチェルは顔を歪めていた。

応える気のない相手とのダンスが嫌なのだということは分かるが、ラインハルトが可哀想ではないだろうか。

「……ううん、そんなこともないわね」

渋い顔をするレイチェルとは違い、ラインハルトはすごく楽しそうにしていた。

「あんなに嫌そうにされているのに強い……」

普通なら心が折れるものではないだろうか。そう思ったが、ヘルムートが否定した。

「彼は鋼《はがね》の精神力の持ち主だからね。並大抵のことでは凹《へこ》んだりしないよ」

「え、そうなんですか」

「うん。私と友人になった時もそうだった」

「へえ……」

懐かしげに目を細めるヘルムートを見上げる。

「気になる?」

「はい」

「教えてもいいけど……いや、やっぱりやめておこう。君がラインハルトに興味を持ったら大変だ」

「えっ……?　あの、冗談、ですよね?」

まさかそんなことを言われるとは思わず、目を瞬かせる。

ヘルムートは意味ありげに笑うと「さあ、どうだろう。君はどっちだと思う?」と聞いてきた。

「う、わ、分かりません」

「そう?　簡単だと思うけど。あ、そうだ。君はラインハルトが隣国メイソンの王子だと知ってるかな?」

「は……え、あの、そうなんですか?」

流れで「はい」と言ってしまいそうになったが、慌てて修正した。

私はラインハルトと直接の面識はなかったのだ。気づいていない方が自然だろう。

「……メイソンの王子殿下だったのですね。確かにただ者ではない雰囲気がありましたが」

「実はそうなんだ。だから幼馴染みで友人、いや親友となったんだけど。彼は自分が王子だということを隠して学園に通っているから、君もそのつもりでいてくれると助かる」

「分かりました。口外はいたしません」

秘密にと言われ、頷いた。とはいえ、すでにレイチェルには話してしまったあとだが、それはゲーム知識なのでノーカウントということにしてほしい。

タイミング良く一曲目が終わる。私としてはこのまま二曲目に入ってもいいが、ヘルムートの方にその気がなさそうだったので、ダンスフロアから離れた。

——そういえば。

確か、来月には王家主催の夜会がある。

我が国では王家主催の夜会が年に数回ほど行われていて、出席義務などはないが、私はヘルムートの婚約者ということで、ほぼ毎回出席していた。

前回開催から三ヶ月ほど空いたので久しぶりだなと思い、はたと気がついた。

——あ、もしかして次の夜会って……。

ゲームでイベントが起こる夜会ではなかっただろうか。

『恋する学園』において、夜会は重要イベントのひとつとして知られている。

そしておそらく次の夜会はゲームが始まって初の夜会。

ゲーム内では共通ルートが終わり、ヒロインがどのヒーローのルートへ行くのか確定するイベントなのだ。

ヒロインのパートナーはその時点で一番好感度が高い攻略キャラ。その人に告白され、個別ルートに進むのである。

つまり、次の夜会でウェンディがヘルムートに誘われれば、ほぼヘルムートルートに決まるということだ。

――だ、大丈夫よね？

不安な気持ちで隣に立つヘルムートを見つめる。

私が散々邪魔をした甲斐もあり、ウェンディとヘルムートはそこまで親しくなっていない。ヘルムートを見ていても、彼女に対して特別な感情があるように見えないから、心配する必要はないはずだ。

だが、そうは思っても、不安は勝手に湧き起こる。

こんな時、友人が側にいて勇気づけてくれたら――。そんなことを思い、同じくダンスを終えたレイチェルに目を向けた。

彼女は面倒そうな顔で、ラインハルトと会話している。

その距離は近く、ただの友人にはとてもではないが見えなかった。きっとラインハルトが頑張っているのだろう。

せっせと外堀を埋められているようだが、本気で嫌なら逃げると思うし、他人の恋に横やりを入れるほど暇ではない。

まずは自分の恋を成就させなければならないのだ。

「……でも、レイチェルが夜会に来てくれたら色々話せて嬉しいかも」

もれなくパートナーに収まりそうなラインハルトがいる現状では、欠席すると言われるかもしれないが、レイチェルは『恋する学園』を見守りたいとか言っている子なのだ。

重大イベントである夜会をその目で見ないなんてことはないだろう。

夜会に出たくなくとも、イベントを見たい一心で参加する可能性は十分過ぎるほどある。

「誘うだけ誘ってみようかしら」

ポツリと呟く。

結局、ひとりで夜会イベントに向かうのが怖いのだ。

我ながら情けないとは思うけど、友人がいてくれれば心強い。

良い返答を期待したいなと思いながら授業を終えた。

◇◇◇

問題の夜会まであと二週間。

私は自室で、日に日に強くなる不安と戦っていた。

レイチェルにはあのダンス授業があった日の放課後に誘いを掛けることができた。

彼女はあまり良い顔をしなかったが、イベントを見たくないのかと煽《あお》れば絶望の表情を浮かべていたので、たぶん這《は》ってでも来るのではないだろうか。

その時に、ヒロインであるウェンディが、アーノルド・ノイン公爵令息と踊っていたことも聞いた。

自分のことに必死で、ウェンディを追い返したあと彼女が誰と踊ったのかまでは確認できていなかったが、確かにアーノルド・ノイン公爵令息とはそれなりに親しくしていたようだという記憶がある。

以前にも「図書館へ行かないと」と言っていたし。

どうやら私の知らないところで相当、アーノルド・ノイン公爵令息の好感度を稼いでいたようである。

ぜひ彼女にはこのままアーノルド・ノイン公爵令息ルートへ行ってほしいところだ。

そうすればヘルムートを取られる心配をしなくてすむのだから。

「……でも」

窓際にある揺り椅子に座り、指を噛む。

行儀が悪い仕草だとは分かっていたが、やめられなかった。不安からつい、指を噛んでしまうのだ。

そしてその不安というのが――。

「ヘルムート様、まだ夜会に誘ってくださらない……」

そういうことだった。

ヘルムートと夜会に出席する時は、いつもひと月ほど前までにはお誘いがある。

「来月の夜会、よろしくね」程度のものだが、誘いは誘いだ。

それが、今回はまだなかった。

「……」

考えれば考えるほど不安になっていく。

いつもならすでに誘われているはずの夜会に、今回に限ってどうして何も言ってくれないのか。

私ではなくウェンディを誘うつもりではないのかとどんどん怖くなってきた。

「大丈夫、大丈夫よ……」

握り締めた拳をもう片方の手で包む。

ふうっと大きく深呼吸をした。

この二週間、特にヘルムートとウェンディが急接近した……なんて事実はなかった。

側にいた私が言うのだから間違いない。

ヘルムートがウェンディに対し、好意を持っているような感じも見えない。

特にこのところ、ウェンディは放課後になるとすぐに教室を出て行くことが多く、ヘルムートに絡む素振りもないのだ。

昼休みだってあれから一度も突撃されていない。

大丈夫、好感度は上がっていない。ヘルムートがウェンディを夜会に誘うなんてないはずだ。

「……」

一生懸命自分に言い聞かせる。

だがそれから一週間が経っても、彼が誘いを掛けてくることはなかった。

◇◇◇

「もうだめ……終わりだわ」

萎《しお》れた気持ちで、登城のためのドレスに身を包む。

夜会まであと五日と迫っていた。

未《いま》だヘルムートからの誘いはない。

今日は一週間に一度のお茶会だが、これで誘われなかったら、本当に終わりかもしれない。

私は選ばれることなく、近く彼に捨てられる。

私の場所だったヘルムートの隣は『恋する学園』のヒロインであるウェンディが立つのだ。

「うふふ……うふふふ……」

ヘルムートがウェンディを誘うと決まったわけではないが、想像しただけで泣けてくる。

彼らの結婚式で、私は「おめでとうございます」と言わなければならないのか。

到底、受け入れられる気がしなかったし、なんならナイフのひとつでも持って、ヒロインを刺し殺したい気持ちになった。

「ああ、なるほど。だから私は悪役令嬢なのね……フフ……」

ヒロインならこんなことは考えまい。

自分が悪役令嬢に配置された理由がほんの少しだけど分かった気がした。

着替えを手伝っていたメイドが怪訝な声で言う。

「お嬢様、どうなさいましたか？　先ほどからブツブツと独り言をおっしゃって。今日はヘルムート殿下との楽しいお茶会ではないのですか？」

「お茶会……このお茶会もいつまであるのかしら……」

更に気持ちが落ち込んでいく。

こんな気分なので、いつものようにド派手な赤いドレスを着る気にはなれなかった。

選んだのは、落ち着いたグレーのドレスだ。胸元が開いていないハイネックのもので小さな宝石が縫い付けられている。動くとキラキラ輝くので地味には見えないだろう。

「はあ……」

準備を整え、どんよりとした気持ちで馬車に乗る。

とはいえ、さすがにヘルムートに辛気くさい顔は見せられない。王城に着いたタイミングでいつもの自分を取り繕った。

自信に満ちた笑みを浮かべ、背筋をピンと伸ばして、案内してくれる兵士の後に続く。

「こちらです」

通されたのは、今までに何度もお茶会の時に使われた応接室だ。

大きな窓があって、バルコニーに出られるようになっている。そこから王城の庭が一望できるのだ。

王城にたくさんある応接室の一室だが、ここはヘルムートが特に気に入って使っていた。

「殿下、ローズマリー・ウェッジウォード公爵令嬢がお見えになりました」

「ああ、入ってもらって」

ヘルムートの返事を聞いた兵士が恭《うやうや》しく扉を開く。

ここの応接室は他国から王族が来た時にも使用されるということで、豪奢《ごうしゃ》な家具が置かれている。

緋色《ひいろ》と金色で纏められた部屋は華やかで美しく、いつも一瞬、息が止まりそうになる。

「ヘルムート様」

「待っていたよ、ローズマリー。今日のお菓子はチョコレートムースケーキだ。料理長の自信作らしいから楽しみだね」

「はい」

窓際にすでに準備された茶席には、大きくカットされたチョコレートムースケーキがあった。

ヘルムートのエスコートを受けて席に座ると、控えていた女官が紅茶を淹れてくれる。

「本日の紅茶は、料理長特製ブレンドとなっております。少し渋みがあって濃く感じるかもしれませんが、チョコレート菓子にはよく合うかと」

紅茶の説明を終え、女官が下がっていく。

扉が閉まる。通常なら年頃の男女がふたりきりで密室にいることは推奨されないのだが、私たちは婚約関係にあるということで特別に許されていた。

チョコレートムースケーキを食べながら、ヘルムートと世間話に興じる。

ヘルムートは時折窓の外に目をやり、見える風景を楽しんでいるようだった。

その様子はいつもとなんら変わらない。

私を夜会に誘うことなど完全に忘れているようだ。

こちらはこんなに焦っているのに。

いっそ私の方から夜会について話を振ってやろうかとも思ったが、それでもし「実は、カーター嬢と参加することにした」とでも言われたら立ち直れない。

その答えが怖くて、結局、ヘルムートから話を切り出してくれるのを待っているのである。

――自分から死地に突っ込んでいくような真似《まね》、できるはずないじゃない。

世の中には自分の望む結果ではなくても、早く答えを知りたいという人たちが一定数いることは分かっているが、私はそうではないのだ。

いつ話をしてくれるのだろうと思いながら、必死に普段の己を装い、その時を待つ。

チョコレートムースケーキを食べ終わり、紅茶も飲み終わった頃、ようやくヘルムートが「そういえば」と話を切り出した。

「次の夜会だけど、君に大事な話があるんだ。もちろん出席してくれるよね？」

「え、えっとあの……それはパートナーとして、ですよね？」

つい確認してしまったが、許してほしい。

だって『自分は別のパートナーと行くからひとりで来い』かもしれないではないか。

己が非常にマイナス思考になっていることには気づいていたが、可能性はゼロではないと思うと、確認せずにはいられない。

ビクビクする私にヘルムートはキョトンとした顔で答えた。

「もちろん。君は私の婚約者なのだから、そういう意味でしか誘わないよ」

「そ、そうですよね。良かった……」

とりあえず、夜会のパートナーという立場は死守できた。

となると気になるのは『大事な話』だ。

大事な話とはなんだろう。

まさかとは思うがウェンディを選んだから婚約を破棄させてほしいとか、そういう類いの話だろうか。

夜会の時点では私が彼の婚約者だから仕方なく私を誘ったけど、次からはお前は誘わない……なんて話を直接夜会でされたらどうしよう。

――うう、ありうる……。

己のマイナスすぎる想像に、どんどん顔色が悪くなっていくのが分かる。

婚約破棄を夜会会場の皆がいる前で宣告されるとか、令嬢としては死も同然。

いや、さすがにヘルムートもそんなことはしないだろう。

でも、今までウェンディに対し、意地悪はしなくとも罵り合いはしてきたので、彼に嫌われてしまっているかもしれない。

――ヘルムート様に嫌われるとか無理……。

想像だけで胸が痛くて、死んでしまいそうな心地だ。

「ローズマリー？」

「あの……大事な話とはどんなお話なんでしょうか」

聞きたくなかったが、あまりに辛くてつい聞いてしまった。

今の状況で夜会の日まで過ごすとか私には無理だ。

胃もキリキリと痛んでいるし、吐き気もしてきた。

眩暈《めまい》らしきものもしている気がする。

せめてどういった種類の話なのかだけでも聞いておかなければ、まともに当日を迎えられる気がしない。

縋《すが》るようにヘルムートを見る。そんな私の気も知らず、彼は己の唇に人差し指を当て、茶目《ちゃめ》っ気《け》たっぷりに告げた。

「秘密。その時になったら言うよ」

「ひ、秘密って……」

「今言ったら面白くないじゃないか。だから話は当日にね」

「……」

「この話はこれでおしまい。さて、そろそろお開きにしようか」

ヘルムートが立ち上がる。

本当にこれ以上会話をするつもりはないようだ。

――嘘、嘘でしょ。

ヘルムートはいいかもしれない。

話をする当人なのだ。なんの不安もなければ、当日を楽しみにさえできるだろう。

――でも、それなら私は？

この漠然とした不安と心の痛みを抱えながら夜会当日まですごさなければならない私の気持ちはどうなるというのか。

勝手に涙が迫《せ》り上がってくる。

泣くのは違うと思い、必死に堪えた。

なんとか笑みを浮かべ、立ち上がる。そのタイミングでポロリと涙が零れた。

「えっ……」

ヘルムートがギョッとしている。

泣きたくなんてなかったのに、止めようと思っても涙は滂沱《ぼうだ》と溢れていく。

「わた、わた、私……」

勝手に言葉が出る。

肩を震わせしゃくり上げた。

「う……私、は……」

「ローズマリー⁉　どうしたの」

「うっ、うっ、うわあああああん！」

どうして私が泣いているのか分かっていないヘルムートの態度に、我慢しきれなかった。

子供のように大きな声で泣く。

焦ったヘルムートが私の側にきて、背中を軽く叩いてくれた。

「どうしたの、いきなり泣き出して。ほら、落ち着いて」

「ちが、ちが、違うんです……」

「違う？」

いまだに分かっていないヘルムートに絶望しながら首を横に振る。

私の恋はここまでなのかもしれない。

そう思えばただただ悲しくて、泣き止《なや》むことなんてできなかった。

「ローズマリー……」

ヘルムートが途方に暮れた声で背中を擦る。

迷惑を掛けているのは分かったが、優しくされるのはどうしたって嬉しくて、やっぱり私はヘルムートが好きなんだと強く意識した。

「私……」

唇を震わせ、己の想いを告げる。こんなことを言ったところでヘルムートを困らせるだけと分かっていたが、この不安を隠し続けることはできなかった。

「私……いつも不安で仕方ないんです。ヘルムート様がウェンディを選ぶのではないかって。私、私はこんなにあなたのことが好きなのに、いつだって好きと言っているのに、あなたはいつだってはぐらかすばかりで……ううう」

流れ続ける涙を止めようと、手で拭う。

だが、一度決壊してしまった感情はなかなか収まらなかった。相変わらず涙は溢れてくるし、泣きすぎて頭痛もしてきたしで、何が何だか分からない。

「私……私……」

「……ごめん」

「えっ……」

背中を撫《な》でていた手が止まり、代わりに強く抱きしめられる。

ヘルムートの温かな温もりを感じ、驚き過ぎて一瞬涙が止まった。

「へ、ヘルムート様？」

「本当にごめん。泣かせるつもりなんてなかったんだ。ただ、君が私のために一生懸命なのが嬉しくて。それにカーター嬢を選ぶなんてあり得ないよ。私には君がいるんだから」

「へ……」

涙に濡《ぬ》れた目を大きく見開く。

ヘルムートが今言った言葉は本当だろうか。

私の願望が見せたまやかしかもしれない。そう思ったが、強く抱き締められて感じる痛みが、これは現実なのだと教えてくれた。

「私……え、嘘……」

信じられなくて目を瞬かせる。

ヘルムートがいつもとは違う、どこか甘さを感じさせる声で言った。

「嘘なんてつかないから安心して。……はあ、参ったな。結局ラインハルトの言う通りになってしまった」

「ラインハルト殿下？」

どうしてここでラインハルトの名前が出てくるのか。

泣き濡《ぬ》れた目でヘルムートを見上げると、彼は指で私の涙を拭った。

「この間、食堂で会った時に釘を刺されたんだよ。いい加減にしろってね」

「いい加減にしろ、ですか？」

そんなこと、話していただろうか。

ローズ・カフェでレイチェルたちと話した時、基本彼女としか喋《しゃべ》っていなかったので、そこまでヘルムートたちの会話を聞いてはいなかった。

「それってどういう……」

「曖昧な態度で君を試していないで、さっさと捕まえておけってことだよ。長い付き合いだからね、彼は私の悪癖を知っているんだ。私はすぐに人を試す癖がある。君もなんとなくは感じていただろう?」

「……」

ヘルムートの言葉に何も言えなかった。

ゲームには書かれていなかったが、確かに彼にはそういう節があるなと納得したからだ。いつもはぐらかしては私の反応を窺っている。考えてみれば彼は昔からそうだった。

「試し行動……」

「そう、それ。彼には私が君を好きなことはお見通しみたいだったからね。いい加減にしないと後で自分が後悔するぞって釘を刺されたってわけ」

あははと暢気に笑うヘルムートだが、私はそれどころではなかった。

だって約十年もの間、聞きたくて仕方なかった言葉を聞けた気がしたからだ。

「へ、ヘルムート様……今……」

『好き』と言った。私の聞き間違いでなければ、確実に。

「あ、あの……」

どうしても確認したくてヘルムートを見上げる。

涙は完全に止まっていた。

ヘルムートは意味深に笑うと、人差し指を私の唇に押しつけた。

「これ以上はダメ。ここから先は夜会でね。でも、つまりはそういう話をするつもりだから――待っていてくれる？」

「は……はい……」

信じられない気持ちで返事をした。

でもヘルムートは『好き』の言葉を否定しなかった。

これ以上はダメと、この先は夜会でと言われたけど、そういう話をしてくれるのだと明言した。

――え、え、え……ええ⁉

ヘルムートの言葉を理解し、みるみる顔が赤くなっていく。

よく見れば、ヘルムートの頬にも少し赤みが差していた。

彼は気まずげに笑っていて、でもその目には今まで見せてくれなかった甘さがあった。

それを見て、実感する。

先を、未来を期待していいのだと、打ちひしがれていた恋心が息を吹き返す。

――ヘルムート様は私を選んでくれるの？

苦しく痛かった胸が、今度は甘く疼《うず》き出す。

腕を離したヘルムートがハンカチを差し出してきた。

「ほら、涙を拭いて。ああ、やっと泣き止んでくれたね」

「……ありがとうございます」

蚊の鳴くような声で返事をし、ハンカチを受け取った。

子供のように声を上げて泣いていたことが、今更ながらに恥ずかしくなったのだ。

目元にハンカチを当てる。

ヘルムートが顔を覗き込んできた。

「うーん、少し腫れてしまったかな。洗面用具を持ってこさせるよ。顔を洗った方がいいかもしれない」

「お、お願いします」

咄嗟にヘルムートから顔を背けた。

目元の化粧が取れているような気がしたのだ。化粧崩れした顔をヘルムートに見せたくはなかったし、このまま帰ることもできなかった。

ヘルムートが女官を呼び出し、洗面用具を持ってくるように告げる。

女官は不思議そうな顔で私を見たが、すぐに「かしこまりました。メイク道具もお持ちいたしますね」と答えてくれた。

そうしてヘルムートを見る。物言いたげな女官の視線に彼は首を傾げた。

「何？」

「いえ、婚約者を泣かせるとはどういうことかと思っただけです。仲直りはなさったようですが、女性は繊細な生き物なのですから、殿下もお気をつけくださいね」

「分かってる。二度とこんな泣かせ方はしないから」

いつもは何も言わない女官の珍しい忠言に、ヘルムートが苦笑する。

部屋には穏やかな空気が流れ、先ほどまでのことが嘘のようだ。

——でも、嘘じゃないのよね。

女官と話すヘルムートを盗み見る。

初めてもらえた『好き』の言葉が私の心を温めていた。

嬉しい気持ちが胸いっぱいに広がっている。

——もう、大丈夫。

夜会まで、あと少しだけど不安はない。

ヘルムートが私を選んでくれるのだと信じられる。

無事、化粧直しを終え、屋敷に帰る。

不安は消えたが、今度はドキドキと期待が私を襲っていた。

ヘルムートはどんなことを私に話してくれるのだろう。

また「好き」の言葉をくれるのだろうか。

それとももっと別の言葉？

色々考えてしまい、夜も眠れない。

これではいけないと思っていても、ヘルムートを想えば胸がドキドキして落ち着いて眠れるはずもなかった。

——ああ、ダメ。こんなのでは。

寝不足で肌が荒れている状態で、好きな人の前に立てない。

せめてと思い、必死にケアをし、当日に備える。

そうしてついに『恋する学園』のヒロインであるウェンディにとっても、悪役令嬢である私にとってもある意味運命の日となる一日はやってきた。

◇◇◇

いよいよこの時がきたと思いながら、馬車を降りる。

尖塔《せんとう》が美しい王城を見上げた。

夜の王城は昼とはまた違った雰囲気がある。

どこか人を寄せ付けない神秘的な感じがするのだ。

松明《たいまつ》の火が周囲を明るく照らしている。

周りを見回せば、私と同じ夜会の出席者たちが次々と馬車から降り、会場へ向かっていた。

「ローズマリー」

父が私の名前を呼ぶ。

両親も今夜の夜会に出席するとのことで、一緒に来ていたのだ。

ふたりは政略結婚ではあるが非常に仲の良い夫婦で、実は一年ほど前に弟が生まれている。年の離れた弟は可愛く、私はもちろん屋敷の人間全員で可愛がっていた。

「では、私たちは先に行くからね」

「はい」

父が母をエスコートしながら私に告げる。

彼らには事前にヘルムートにエスコートを受けることを伝えていたのだ。

ここで別れることは最初から決めていた。

「ヘルムート殿下に宜しくお伝えしておくれ」

「分かりました」

ふたりと別れ、馬車留めでヘルムートがくるのを待っていると、しばらくして彼がやってきた。

「お待たせ、ローズマリー」

「ヘルムート様」

今夜のヘルムートは、白を基調とした夜会服に身を包んでいた。

彼の中性的な美貌に白い夜会服はとてもよく似合っている。

しかもヘルムートは普段とは違って前髪を上げ、額を出していたのだ。そのせいだろうか。いつもより大人の男の人に見える。

「ごめん、待たせたかな」

「いいえ、それほどでもありません」

「良かった。パートナーをひとりで長時間待たせるなんて、さすがにできないからね」

「まあ」

手を差し出されたので、その上に己の手を重ねる。

ヘルムートのエスコートで会場へと向かった。

夜会の出席者たちがヘルムートに道を譲る。彼と私は道の真ん中をゆっくりと歩いていった。

「君はいつも綺麗だけど、今夜は一段と素敵だね。青いドレスだなんて珍しいけど、心境の変化でもあったのかな。夜会では赤を選ぶことが殆どじゃないか」

ヘルムートが目聡《めざと》くドレスについて尋ねてくる。

今夜のドレスにはブルーサファイアを思い出させるような青色がメインに使われているのだ。

差し色は金色。

襟ぐりが大きく開いており、鎖骨が綺麗に見える。

身体の線が分かるぴったりとしたドレスは、ある意味私の勝負服のようなものだった。

だって青と金。

私とヘルムートの目と髪の色。

赤いドレスも大好きだが、青と金はそれ以上に特別に思っている色だった。

「その……私たちの色だなと思いまして」

照れくさいので誤魔化そうかとも思ったが、それはいけないと気づく。

私はどんな時だって、ヘルムートに対し、恋を隠したくないと思っているからだ。

それは九歳の頃、記憶を取り戻してから今もずっと貫いていることで、これからも続けようと決意していることだった。

笑みを浮かべて、隣を歩くヘルムートを見上げる。

彼は呆気《あっけ》にとられたような顔をしたが、すぐに返事をしてくれた。

「そうだね。確かに青と金は私たちの色だ。……なるほど、失敗してしまったかな。私も君に倣って青の上衣を着てくればよかった」

「いえ、ヘルムート様には白がお似合いですから」

心から告げる。

そもそも前世で私が惚れたのは、白い軍服を着ている彼の姿だ。

今世ではまだ軍服姿を見せてもらっていないが、白の夜会服がここまで似合っているのだ。きっと前世で見た以上の衝撃を与えてくれるのだろう。

——そもそもあの軍服姿って結婚式で初めて見せてもらえるのよね。

パッケージに描かれていたから話の中で出てくるのかと思いきや、まさかの最後まで見ることはないのである。

私はパッケージデザインに惚れたので「どこだ。どこであの軍服が見られるんだ」と思いながら必死にゲームをしていた。

最後の最後でようやく出てきて「ここでか……！」と思わず床に突っ伏したことを覚えている。

「あと、今夜の髪型も素敵だなと思います」

やはり髪型に触れないのは不自然だろう。

前髪を上げていることに言及すると、ヘルムートは照れたように笑った。

「……ちょっとね、今日は格好良く決めたいって思って」

「ヘルムート様はいつも格好いいと思いますけど」

「嬉しいけど、そういうことじゃないんだ。まあ、気分の問題かな。君も今夜はアップにしているんだね。よく似合っているよ」

高く結い上げた髪に目を向け、ヘルムートが褒めてくれる。

今夜の私は金髪を高く結い上げていたのだ。青い宝石がいくつも連なった髪飾りはシャラシャラ揺れると良い感じに輝いてくれる。

「ありがとうございます。これは父からもらったものなのです」

「そうなんだね。ああ、そうだ。今度私から君に何か贈らせてもらっても構わないかな」

「えっ……」

「考えてみれば、今まで一度も君に宝石の類《たぐ》いを贈ったことがないと思ってね」

「え、ええ、それは……嬉しいですけど」

ヘルムートからの贈り物といえば、これまではお菓子と花のセット一択だったのだ。

誕生日に贈られるそれらを私は喜んで受け取っていたのだけれど、彼がわざと消え物を選んでいることには気づいていた。

だからそれに合わせて、私も迷惑にならないよう誕生日には彼の好きそうなお菓子を贈っていたのだけれど。

——宝石をくださるって……。

彼が消え物以外の選択肢を出してきたことに驚いたのだ。

そしてそんなことをされれば、やっぱり期待は膨らむ一方で。

今日の夜会でヘルムートが何を言ってくれるのか、本当に楽しみで仕方なかった。

「さあ、着いたよ」

話しているうちに会場となる大広間に着いた。

ヘルムートが優雅な仕草で私の手の甲にキスしながら告げる。

「今夜の夜会は堅苦しいものではないから、気軽にね。ダンスもすでに始まっているし」

「は、はい」

彼の言う通り、大広間ではすでにダンスが始まっていた。

黄金が使われた壁と天井に巨大シャンデリアの光が反射し、更にキラキラと輝いている。

大きな窓には分厚い緋色のカーテンが掛かっており、その側では夫婦や恋人とみられる男女が談笑していた。

二階では宮廷楽団が音楽を奏でている。大広間の奥には国王夫妻と第二王子がいて、何人かの貴族たちに囲まれていた。その中には私の両親もいる。

それに気づいたヘルムートが私に目を向けた。

「先に父上たちに挨拶しておこうか。君も会うのは久しぶりだろう?」

「はい」

私はヘルムートの婚約者ではあるが、登城するたびに国王夫妻に会えるわけではないのだ。

こういう夜会の時と、あとは年に数回程度。

誕生日や特別な何かがある時にのみ目通りを許される。

国王の忙しさを考えればそれでもだいぶ多い方だと思うけど。

「父上」

ヘルムートと一緒に国王夫妻の下へ行く。

ちょうど話を終えたタイミングだったようだ。

貴族たちはすでに離れていたが、私に気づいた両親は残っていた。

国王が息子の声に気づき、笑顔を向けてくる。

「おお、ヘルムート。婚約者殿は迎えに行けたようだな」

「はい。お陰様で。ウェッジウォード公爵も久しぶりだね」

「ええ、娘と仲良くしてくださっているようで、嬉しく思っております」

三人が話しているので、少し下がって待機する。

会話の邪魔をしてはいけないからだ。

しばらくして会話を終えたヘルムートが振り向き、手招きしてきた。

「ローズマリー」

「はい」

ヘルムートに招かれて側に行くと、国王がにっこりと笑った。

「相変わらず美しいことだ。ヘルムートと上手くやっているようで何より」

「ありがとうございます。陛下もご健勝のようで臣下として嬉しく思います」

無難に挨拶を済ませる。

次に第二王子に目を向けた。

ヘルムートの弟は今年十五才になる少年で、彼とよく似ている。

ただ、ヘルムートより線が細く、背丈もそんなに高くない。

素直な性格ではあるが、あまり社交的ではなく、三度の飯より本が好きな学者肌。

国王になることにも興味はないようで、どちらかというと学者として兄の補佐ができればくらいに考えているらしいと父から聞いたことがある。

名前はトリアーノ・ローデン。

私と同じくらいの身長のトリアーノに声を掛ける。

「殿下、お久しぶりです」

「うん」

一応返事はしてくれるが、目は合わせてくれない。

彼は人見知りの気があり、そこまで顔を合わせることのない私にまだ慣れてはいないからだ。

一度懐かれてさえしまえば、素直な人だから笑顔を向けてくれるとは思うけど。

「ローズマリー」

ヘルムートに名前を呼ばれ、そちらを見る。

彼はダンスフロアに目を向けると、私に言った。

「挨拶も済んだことだし、そろそろ踊ろうか。もちろん、踊ってくれるんだよね？」

優雅に手を差し伸べられ、笑みを浮かべる。

ヘルムートの手を取り「もちろんです」と答えた。

「良かった。ああ、ちょうど君が好きなワルツが始まったみたいだね。フロアの真ん中に行こう」

ヘルムートのリードを受けながら、ダンスフロア中央へ進み出る。

先に踊っていた人たちがヘルムートに気づき、場所を空けた。

音楽に合わせてステップを踏む。

心は満足感でいっぱいだった。

だってこれは夜会イベントなのだ。ヘルムートが私と踊っている以上、ヒロインの相手は彼ではなかったということ。

――ああ、良かった。ヘルムート様を取られなくてすんだわ。

一にも二にも、それしか考えられなかった。

陶然としながら伸びやかに踊る。

少し離れた場所でレイチェルが踊っているのが見えた。

どうやら彼女も夜会に来ていたらしい。

ダンスの相手は当然の如くラインハルトで、ふたりはお似合いの恋人同士に見えた。

――恋をする気はないなんて言ってたけど、あの感じだとまとまりそうよね。

フフッと笑う。

ヘルムートも私と同じものを目にしたらしく「良かったじゃないか」と言っていた。

「私の友人が狙った獲物を逃すなんてことはあり得ないけどね」

「まあ」

何故か自慢げに告げるヘルムートを呆れ半分に見つめる。

前からなんとなく気づいていたのだけれど、どうもヘルムートはずいぶんとラインハルトに傾倒しているようなのだ。

彼と話す時のヘルムートは年相応の少年のように見えるし、親友だと豪語しているくらいだから、よほど気に入っているのだろう。

「あら」

別方向に目を向ければ、今度はヒロインであるウェンディがいることに気づいた。

彼女がパートナーとして連れているのは、ある意味予想通りと言おうか、アーノルド・ノイン公爵令息だった。

攻略キャラらしく端整な顔立ちだが、ヘルムートやラインハルトとはまた違い、真面目な性格が顔に表れている。

ウェンディが図書館で一緒に過ごし、講堂で踊っていた相手だ。

踊るふたりは非常に幸せそうに笑っていて、お互いに想い合っているのが遠目からでもよく分かった。

——いつの間に……。

ウェンディの様子を見ても、嫌々アーノルド・ノイン公爵令息を選んだようには思えない。

アーノルド・ノイン公爵令息を見つめる瞳には確かに愛があって、彼女が本気で彼を愛しているというのがよく分かった。

ウェンディはヘルムートを狙ってなんかいなかったのだ。だってあんな顔、ヘルムートに向けていたのを今まで一度だって見たことがないから。

無意識に張り詰めていた緊張が解ける。

――な、なんなのよ……。

こちらはヘルムート狙いかと思って毎日ピリピリしていたというのに、全くの勘違いだったとか勘弁してほしい。

いや、勘違いで良かったのだけれど。

ウェンディを見つめる。

彼女が行くのは間違いなくアーノルド・ノイン公爵令息ルートだ。

だって『恋する学園』は、夜会イベントに一緒に行った相手に告白されて、その人のルートへ入ることになっているから。

アーノルド・ノイン公爵令息の様子からしても、この後彼女に告白することは間違いないだろうし、それをウェンディが受け入れるのも確かだろう。

そしてその瞬間、必然的に他のルートは消滅する。

「……はあ」

完全にヒロインのヘルムートルートがなくなったと確信し、心底安堵した。

前回のお茶会でヘルムートに告白まがいのことを言われたから大丈夫だろうとは思っていたが、それでも実際にヒロインが別ルートに行ったのを見るまで完全に安心できなかったのだ。

「何を見ているの？」

ウェンディから目を離さないでいると、ヘルムートが聞いてきた。

私の視線を追い「ああ」と納得したように頷く。

「彼女、ノイン公爵令息が好きみたいだったものね。一緒にいるのも納得だよ」

「え、ヘルムート様はご存じだったのですか？」

「？　うん。街中でもふたりが歩いているのはよく見かけたし、見れば分かるよ。カーター嬢のノイン公爵令息を見る目は、君が私を見ている時のものと同じだったからね」

「えっ……」

「好きで仕方ないって、目が言ってた」

「……」

笑いながら指摘され、恥ずかしくて目を伏せた。

「わ、私、そんな顔をしていましたか？」

「うん。好きだって言われるより、表情を見た方が分かりやすいって思うくらいには」

「そ、そう、ですか……」

自覚がなかった部分なので、非常に恥ずかしい。

ヘルムートの視線から逃げるように目を逸らす。

一曲目が終わり、二曲目が始まった。

「あ、ヘルムート様」

この国では、公式の場において同じ相手と連続で踊らないものなのだ。

もちろん例外はあって、恋人関係にあったり婚約者だったり、夫婦だったりした場合は連続で踊ってもよいことになっている。

とはいえ、私は今までヘルムートとは一曲しか踊ったことがなかった。

彼は私を好きではないのでそれも当然。そう自身を納得させつつも、何曲も踊るカップルたちを羨ましく思っていた。

仕方のないことだからと。

だから今回もそうなのだろうと思ったのだけれど、彼は「いいじゃないか」と笑って言った。

「もう一曲踊ろうよ。私たちは婚約者なんだし、誰も変だとは思わないよ」

「そ、それはそうなのですけど……宜しいのですか？」

「宜しいって？　当たり前じゃないか」

いきなりの方針転換に戸惑いが隠せない。

そうこうしているうちにダンスフロアから抜け出すタイミングを失ってしまった。

突っ立っているわけにもいかないので、二曲目を踊り始める。

私にとってはある意味念願ともいえる二曲目。

まさかこんな形で叶うことになるとは思わなかったが、嬉しかったのは事実だ。

「夢みたい……」

ヘルムートと二曲連続でダンスができるなんて。

幸せな気持ちに包まれる。

視界の端にダンスを終えたレイチェルが二階に上がり、窓を開けてバルコニーへ行くのと、それを見つけたラインハルトが追いかけていくのが映った。

「あら」

ふたりが二階のバルコニーへと消える。その姿は完全に見えなくなった。

――わ、わああ。

ドキドキする。

すごいシーンを見てしまった。

あの奥で彼らが何をするのか気になったのだ。

だって続編でも夜会は重要イベントとして存在するから。

今頃あの場所では、絶対に何かのイベントが発生していると確信できた。

というか、レイチェルはラインハルトルート突入で、ほぼ間違いないだろう。

「ローズマリー」

「……えっ」

食い入るようにバルコニーへと続く窓を見ていると、咎めるように名前を呼ばれた。

「な、なんですか?」

「今は私とのダンス中だよ。あまりキョロキョロとよそ見をしないでほしいな」

「よ、よそ見なんて」

するはずがない。

ただ、友人の行動に気を取られただけ。

だが、パートナーであるヘルムートは良い気はしないだろう。

「……いえ、申し訳ありませんでした」

ヘルムートから気が逸れていたのは事実なので、謝罪の言葉を口にする。

彼はじっと私を見つめると「まあ、友人の姿が見えると気になってしまうのは分かるよ」と許してくれた。

「私も君と同じでラインハルトの姿を目で追ってしまったしね」

「そうなんですか」

「うん。実は今回の夜会も私が彼を誘ったんだ。トッド嬢と踊れるチャンスだよって言ってね。普段の彼ならすげなく断ってくるんだけど、今回は二つ返事で受けてくれたよ」

「……ラインハルト殿下。よほどレイチェルと踊りたかったんですね」

「好きな子をエスコートしたいのは当たり前じゃないかな。さっきのラインハルトもずいぶんと楽しそうだったし、あんな顔、付き合いの長い私ですら見たことがなかったよ」

どこか拗ねた口調でヘルムートが告げる。

本当にラインハルトのことを気に入っているらしい。

「そろそろ下がろうか」

二曲目が終わったタイミングでヘルムートがそう言った。

連続で踊ったので、かなり体力を奪われている。

とはいえ、すごく楽しかったので後ろ髪を引かれる思いではあった。

「はい……」

残念がっているのが声に現れてしまった。

ヘルムートがクスリと笑う。

「ダンスならまたいつでもできるから今日はこれで諦めて。大事な話があるって言ったよね？」

「あ……」

ここに来る直前までそのことで頭がいっぱいだったのに、色々あり過ぎてすっかり忘れていた。

ヘルムートを見ると彼は頷き、私を連れてダンスフロアから下がる。

「あ、あの……お話って……」

何を言われるのだろう。

急にドキドキしてきたと思いながらヘルムートに尋ねると、彼はじっと私を見つめてきた。

「ヘルムート様？」

「……君を私の部屋に誘ってもいいかな？」

「え」

――ヘルムート様の部屋⁉

あまりの衝撃で碌《ろく》に言葉が出てこない。

だって私がヘルムートの部屋に招かれたことなんて、今まで一度もなかったのだ。

風邪を引いた時に一度だけ強引に押しかけたけど、あれは私が勝手に行ったことなのでカウントしない方がいいだろう。

室内でお茶会をする時だっていつもどこかの応接室や客室を使っていた。

きっと自分のテリトリーに入れたくないのだろうと思っていたのだけれど、そんなヘルムートが自室へ誘ってくれた？

俄《にわか》には信じがたい話に、思わず己の頬を抓《つね》ってしまいそうになった。

「えっと、あの……」

「話は部屋でしたいんだよ。もちろん君が嫌だというのならここでしても良いんだけど、できれば誰の邪魔も入らないところで話したいなと思って。大事な話だから」

「わ、分かりました。大丈夫です」

むしろいいのかとこちらが聞きたいくらいだ。

もちろん私は嬉しい。

いつかはヘルムートの部屋に招かれたいなとずっと思っていたから。

「こっち。ああ、父上と公爵には途中で抜けることを伝えてあるから気にしなくていいよ」

「え、お父様にもですか？」

「うん。夜会途中で娘が連れ出されたら気になるかなと思ってね。さっき言っておいた」

「全然気づきませんでした……」

「驚かせたかったから、君に聞こえないようにしていたんだよ」

上手くいったと笑うヘルムートだが、根回しが完璧すぎて驚きだ。

ヘルムートに連れられて、王城の廊下を歩く。

彼の部屋がある場所は覚えていたが、記憶とは違っていた。

「あら？」

「ああ、部屋を変えたんだ。物騒な世の中だからね。不定期に場所を変えるようにしている」

「……そうですか」

狙われやすい王族ならではの防犯対策だ。

特にヘルムートは王太子という立場だし、去年は誘拐事件もあった。

特定されないように部屋を変えるのは大切なのだろう。

「王族というのも大変ですね」

「生まれた時からこうだから慣れてるよ。気にしないで。――ああ、ここだよ」

ヘルムートが立ち止まる。

ここまで来るのに何度か階段を上ったり、廊下の角を曲がったりしたが、以前とは全く違う場所だった。

廊下には兵士が等間隔に立っているが、ヘルムートの部屋の前にはいない。

不思議に思ったのが分かったのだろう。尋ねる前にヘルムートが答えてくれた。

「これも防犯対策かな。扉の前に兵士がいたら、王子の部屋だと丸ばれだろう？　ただ、置かないのもダメだから廊下には多めに兵士を配置しているんだ。何かあればすぐ駆けつけられる距離だし、私の部屋に無断で入る者がいれば咎め、捕らえるよう申しつけてある」

「厳重に警戒しているんですね」

「まあ、色々あってね。その方が良いだろうという話になったんだ。物騒な話はここまで。さ、中に入って」

「お邪魔します」

ヘルムートが扉を開き、私を招く。

妙に緊張した気持ちで部屋の中へと入った。

「あ……」

ヘルムートの私室は広く、落ち着いた雰囲気だった。

絨毯は赤色ベースだがくすんだ色味が使われているし、壁は茶色ベースに彩度を落とした青緑色の壁紙が貼られている。

上を見上げれば丸天井となっており、満天の星空が描かれていた。

「すごい……星だわ」

驚きの声を上げると扉を閉めたヘルムートが気まずそうに告げた。

「これ、父上の趣味なんだよね。星座が描かれていて……ここだけはちょっと派手かなって思ってる」

「とても素敵です」

派手というよりは趣味がいいという印象だ。

部屋も全体に統一感があって、お洒落だなと思う。

L字型のソファは大きく、ゆったりと寛《くつろ》げるようになっている。

しかし大きな机や本棚、ソファにテーブルといった家具は置かれているが、ベッドらしきものは見あたらない。

おそらく奥にある扉の向こう側が寝室なのだろう。

主室と寝室を別にするのはよくあることなので、そこはそういうものだなとしか思わなかった。

「ここがヘルムート様のお部屋……」

室内を見回していると、胸が詰まってジンとした。

プライベート空間に招いてもらえるようになったのだという喜びに襲われたのだ。

苦節約十年。ここまで長かったと感動に浸っていると、ヘルムートが私の前に立った。

「ヘルムート様？」

「こっちにきて」

私の両手を大事そうに握り、部屋の中央まで歩かされる。

丸天井の中心部の真下だ。

ヘルムートの意図が読めなくてキョトンとしていると、彼は私の手を離し、改めて正面に立った。

「あの……？」

「ローズマリー、君が好きだよ」

「えっ……」

単刀直入に告げられた言葉に、ヒュッと息が止まる。

ヘルムートを見れば、彼は愛おしげに私を見つめていた。

「私をずっと想ってくれた君が好きだ。ローデン王国の王太子ではなく『ヘルムート』として見てくれる君を愛している」

「え、あ、え……」

驚き過ぎて、碌に言葉を返せない。

五日前のことがあったから、もしかしてと期待はしていたけれど、こんなにはっきりと言葉にしてくれるとは思わなかったのだ。

ただ、喜びは隠せなくて、ジワジワと顔が熱くなっていく。

「……誰のことも好きではなかったのに、別にそれで構わないと思っていたのにね。君があんまりにも一生懸命で、私のことが好きなものだから落とされてしまった」

楽しげに目を細めるヘルムートをただただ凝視する。

彼は私の手首を握ると、指先に口付けた。

「私を本気にさせて悪い子だね、ローズマリー」

――あ、あああああああああああ!!

上目遣いでこちらを見てくるその姿のあまりの色っぽさに、心の中で絶叫した。

最早《もはや》、顔は真っ赤だし、心臓は音が聞こえるのではないかと思うくらい激しく脈打っている。

あまりにも強すぎる衝撃。

気絶しなかったのが不思議なくらいだ。

「へ、ヘルムート様……」

「返事を聞かせてくれるかな。でも、私のものになるというのなら、一生逃げられないことを覚悟して。私は人よりも好きなものが少ない分、執着心が強いんだ。一度手に入れれば二度と離さない」

「……わ、私」

「これはプロポーズでもある。そのつもりで答えてね」

言葉は優しいのに有無を言わせない雰囲気を感じる。

でもプロポーズという言葉に胸を高鳴らせてしまったのは事実だった。

――だって、ずっと待っていたんだもの。

記憶を取り戻した九歳の頃からずっと、ヘルムートの心を手に入れる日を願っていた。

それがようやくやってきたのだ。

心には歓喜しかなかったし、答えだって「はい」以外あり得ない。

目を潤ませながらヘルムートを見つめる。

私と同じ青い瞳に熱を見つけ、どうしようもなく嬉しかった。

「嬉しいです、ヘルムート様。私、ずっとあなたに愛されたかったんです」

「一生逃げられなくても構わないの？」

「はい。そんな予定はありませんから。私はずっとあなたが好きで、この先の未来でも好きなんだって確信できます」

欲しいのはヘルムートだけだ。

それさえ手に入るのなら、他は全部諦めたって構わない。

「私を愛してください」

心から告げる。ヘルムートはそんな私を愛おしげに見つめると、手を伸ばし、腰をグッと引き寄せてきた。

至近距離にヘルムートの顔がある。

私は陶然と彼の瞳を見つめた。

「ヘルムート様……」

「もうずいぶんと前から私は君の虜《とりこ》だよ。いいんだね。もう離してなんてあげないよ」

「はい」

ゆっくり目を閉じる。ややあって、温かい感触が唇に触れた。

二度目のキス。

あの一年前の誘拐事件の時とは違い、想いの通い合ったキスは全身が蕩《とろ》けてしまうかと思うほど幸せな気持ちを私にもたらしてくれた。

「は……あ……」

「ローズマリー、好きだよ」

「ヘルムート様、私も……」

チュ、チュ、と口付けが繰り返される。

私は彼に身を委ね、うっとりとその行為に応えた。

キスされるたび、身体がどんどん熱くなってくる。

ヘルムートが唇を離し、熱の籠もった目で私を見た。

「ねえ、ローズマリー、移動しない？」

「え、移動、ですか？」

目を瞬かせる。

ヘルムートが何を言っているのか分からなかったのだ。

疑問符を浮かべる私の腰をヘルムートが引き寄せる。そうして部屋の奥に向かって歩き出した。

そこにはおそらく寝室に繋がるであろう扉がある。

「えっ……」

ギョッとし、ヘルムートを見た。

彼が足を止めることはなく、呆気なく扉が開かれる。

「……」

「私に愛されたいって言ってくれたよね。私も君を愛したい」

「そ、それは……」

言葉に詰まる。

寝室の中央には巨大なベッドがあり、ヘルムートが何を言わんとしているのかは理解できた。

「あ、あの……」

「君を抱きたいって言ってるんだけど、ダメかな」

「ひゃっ……」

ふうっと耳に息を吹きかけられ、ビクリと肩が跳ねた。

怒涛《どとう》の展開についていけない。

そもそもゲームにこんな展開はなかったのだ。

『恋する学園』はR15レーティングだから、あっても朝チュン。

そしてヘルムートの告白にそんなシーンはなかったという記憶があったから、まさか抱きたいなんて言われるとは思ってもみなかった。

でも――。

チラリとヘルムートの表情を盗み見る。

彼の目は逃がす気はないと言っていた。

私は気づいていなかったが、先ほど告げた「離さない」的な話は、こういう行為も含まれていたのだろう。

今すぐに全部を明け渡せと、彼はそう言っている。

――どうしよう。

婚儀まで待ってほしいとお願いするべきか。

そう思ったが、すぐにそれはダメだと思い直した。

たぶん、これはヘルムートの試し行動のひとつなのだ。

彼も自分で言っていたではないか。

己には試し行動をする悪癖があると。

相手の気持ちを確かめずにはいられないのだと言っていた。

だとすると、ここで「NO」を告げるのは、彼がせっかく明かしてくれた想いを裏切ることとなる。

今、私がするべきは彼を受け入れること。

本当に彼を愛しているのだと、その身をもって伝えることなのだ。

「……」

自分でもびっくりするくらい簡単に「じゃあそうしようか」という結論が出た。

だって全然嫌だと思わない。

ヘルムートがまさかこんなに執着と愛情を重く絡めてくる人だったなんて知らなかったけど、彼のことがずっと好きだった私には嬉しい話でしかないのだ。

ずっとずっと好きだった。

最初は確かに前世の最推しだったから恋人になりたかったけど、ヘルムートという人を知るにつれ、次第に彼本人に想いを寄せるようになっていた。

具体的にどこが好きかなんて、もう分からない。

前世の一目惚れから始まったのは事実だが、今ではもう彼の全てが好きなのだ。

試し行動なんて確かに悪癖だと思うけど、それすら許せるくらいには惚《ほ》れ込《こ》んでいる。

彼の鉄壁を誇る心の内側に自分が入れてもらえたなんて、嬉しい以外思えない。

だから、彼の服の裾をキュッと掴む。

上目遣いで己の心を曝《さら》け出した。

「はい、ヘルムート様。あなたの好きになさってください。私はあなたのものですから」

諦めではない。

流されてもいない。

これはれっきとした私の意思だ。

ヘルムートに抱かれても良いと、私が決めた。

それなのに、何故か返事を聞いたヘルムートの方が驚いた顔をする。

「ローズマリー……いいの？　本当に？　嫌だって言っても止まらないと思うけど」

「いいんです。その代わり、知ってくださいね。私がどれほどヘルムート様のことを愛しているのか」

「……もう知ってるよ」

優しいキスが額に落ちる。

ヘルムートが私を抱き上げ、歩き出す。

退路がなくなったのだと言われずとも分かったが、逃げようとは微塵《みじん》も思わなかった。

今から抱かれるのだという緊張感はあっても、嫌悪感はないからだ。

どちらかというと嬉しい気持ちの方が強かった。

「ローズマリー、愛しているよ」

ベッドの上に優しく横たえられた。

ヘルムートが私の顔の両側に手をつき、覆《おお》い被《かぶ》さってくる。

顔が近づいてきたので、目を閉じた。

すぐに唇が塞がれる。

三回目のキスは、唇が食べられてしまうかと思うような激しいもので、私は彼にしがみつき、必死に応えた。

「んっ、んんっ……んんっ……」

ヘルムートの舌が下唇を舐めたあと、口内に侵入してきた。

舌は生き物のように蠢《うごめ》き、頬の裏側や下顎を刺激する。ぞくぞくとした愉悦が走り、勝手に身体が震え出した。

頭がぼーっとする。

歯列をなぞられるのが気持ち良い。

喉の奥に唾液が溜まっていたが、それを舌が掻き回していく。

堪らずそれを嚥下《えんか》すると、ヘルムートはにっこりと笑った。

「んっ……ふぁっ……！」

キスをしたまま、ヘルムートが胸に触れる。

ドレスの上からではあるが、性的な場所に触れられ、ドキッとした。

優しく膨らみを揉まれるのが恥ずかしく、思わず声を上げてしまう。

「あっ、ンンッ……」

「可愛いな。服の上から触られるだけでも感じるの？」

「ンッ、分からな……あんっ」

ヘルムートが首筋にキスをした。擽《くすぐ》ったくて変な声が出てしまう。

彼は首筋に何度もキスをし、吸いついた。チクリとした痛みを感じたが、心地よさの方が強く、拒絶する気にはなれない。

「は、あ、あ……」

「ドレス、脱がせるね」

「あ……」

「背中、浮かせてくれる?」

じっと見つめられ、言われた通りに背中を浮かせた。

ヘルムートが手を回し、後ろにあるジッパーを下げる。

ドレスがするすると脱がされていく。

ついでに髪飾りを抜かれ、髪も解かれた。

「えっ……」

「今日は泊まっていくんだから構わないよね?」

さらりと宿泊することを告げられ、目を見張る。

慌ててヘルムートに言った。

「わ、私、お父様に何も——」

「今日は返さないって言ってあるから大丈夫だよ」

「へ？」

「君とふたりで抜けるって言った時にね、返すつもりはないとも言っておいたんだ」

「……」

すでに根回しは済んでいるのだと聞かされ、吃驚《びっくり》した。

どうやらヘルムートの中で、今日私を抱くことは決定事項だったらしい。

「だから平気。ああ、コルセットなんて無粋だな。これも外してしまうけどいいよね？」

「は、はい。ヘルムート様のお好きに……」

コルセットを留めていた紐を解かれる。カパリとコルセットを外された。

今日のコルセットは下着と一体化しているタイプなので、外すだけで素肌が彼の目に晒《さら》される。

「っ……」

恥ずかしくて、思わず胸を両手で隠す。

ヘルムートは眩《まぶ》しげに私を見つめると、今度は下穿きに手を掛けた。

「あ……」

「これも要らないからね。ローズマリーのことは全部知っておきたいから、見せて」

「……はい」

そんな風に言われたら「はい」以外の返事はできない。

協力するように腰を浮かせると、下履きもあっさりと脱がされてしまった。

生まれたままの姿になる。

羞恥に襲われる私を余所に、今度はヘルムートも脱ぎ始めた。

上着を脱ぎ捨て、クラヴァットを首元から抜き取る。

白いシャツの釦《ぼたん》を外し、トラウザーズに手を掛けた。

「っ……！」

ある意味自分が脱がされるより恥ずかしい。思わず目を瞑《つぶ》ってしまったが、ヘルムートに咎められてしまった。

「ダメ。ちゃんと私のことも見て」

「ヘルムート様」

「君が今から誰に抱かれるのか、ちゃんと知ってほしいんだ」

「あ……」

おそるおそる目を開けると、裸になったヘルムートが私を見つめていた。

細身ではあるが鍛えられた身体は美しい。胸板は意外と分厚く、腹筋が薄らと割れていた。

無意識に下半身に目が行く。

そこは雄々しく立ち上がっており、思わず凝視してしまった。

太く長い肉棒は筋張っていて、先端は光沢がある。

非常に迫力があり、一瞬、何かの凶器ではないかと疑ってしまった。

「ひっ……」

決して嫌悪したわけではない。

ただ、凶悪すぎる屹立《きつりつ》が怖かったのだ。

この極太の杭《くい》が自分の中に入るのだと信じたくない。

中性的な美貌を誇るヘルムートの男性器がまさかこんなに極悪なものだったなんて。

顔を強《こわ》ばらせる私に、ヘルムートが眉を下げながら言う。

「そんな顔をしないでよ。ちゃんと優しくするから」

「は、はい……あの……嫌とかそういうのではないんです。ただ、驚いてしまって……」

正直な気持ちを告げる。

「何をするのかはもちろん分かっているのですけど、初めてなので……」

どうしても怖いと思ってしまうのだ。

決して彼を拒絶しているわけではない。

「分かっているよ。大丈夫、ちゃんと君を信じているから。それに今更怖《お》じ気《け》づかれたところでやめられないしね。止まらないって最初に忠告しておいただろう?」

その言葉に小さく頷くと、彼は「口を開いて」と笑った。

「え、口、ですか?」

「この錠剤を飲んでほしいんだ。避妊薬だよ」

「あ……」

ヘルムートが見せてきたものはピンク色の錠剤だった。この世界での女性用避妊薬。

行為後に飲むものもあるが、これは行為前に使う。

屋敷で雇われた家庭教師から性行為についての説明を受けた時に、避妊についても勉強していた。

「避妊……」

「在学中に子供ができるのは君も困るだろう？　結婚したらもちろん避妊はしないけど、それまではきちんとしておこうと思って」

「そ、そうです、ね」

「だから、口を開けて」

再度促され、おずおずと口を開く。

避妊薬は水なしで、かみ砕いて飲むことができるのだ。飲んでみればイチゴシロップのような味がした。

だけど避妊薬を飲んだことで、弥《いや》が上《うえ》にもこれからヘルムートと性行為をするのだと突きつけられた気持ちになった。

――は、恥ずかしい。

必要なことだと思うし、きちんと避妊について考えてくれるのは嬉しいが、とにかく恥ずかしくて仕方なかった。

薬を飲んだことを確認したヘルムートが満足そうに頷き、まだ胸を隠していた手を退けさせる。

「手、退けてくれるかな」

「ひゃっ」

恥ずかしかったが、いつまでもこうしているわけにもいかないので、諦めて従った。

彼は「良い子」と微笑み、私の身体をまじまじと見つめた。

「綺麗だよ、ローズマリー」

「あ、ありがとうございます……あっ……」

ヘルムートが露《あら》わになった乳房に触れる。

ドレスの上から触られたのとは全く違う感覚に驚いた。

手のひらの温度をダイレクトに感じる。

「ひゃっ、あっ……」

「柔らかい……」

むにむにと揉まれ、小さく声が漏れる。

気持ち良いかは分からないが、恥ずかしさから声が出るのだ。

「ヘルムート様……あんっ」

「ローズマリーの声って可愛いよね。聞いているだけでそそられるよ」

ヘルムートの指が胸の先端を掠《かす》った。痺《しび》れるような衝撃が背中を走る。

「ああんっ」

「ああ、ここが気持ち良いのかな」

「あっ、あっ、あっ……」

ヘルムートが乳首を指の腹で優しく転がす。

柔らかかった先端が刺激を受けて硬くなってきた。

我慢できない愉悦に襲われ、身体を捩《よじ》る。

ヘルムートがそんな私を宥《なだ》めるように、触れるだけのキスを何度も繰り返した。

「ん、ほら、逃げないで。もっと気持ち良くしてあげるから」

「ひゃっ、ヘルムート様……も、そこばっかり……ひんんっ」

今度は指先で頂を摘まれた。

強い快感に涙が出てくる。

何が楽しいのか、ヘルムートは執拗《しつよう》に先端を虐《いじ》めて続けている。

もう片方の胸も乳房ごと掴まれた。

どうするのかと思っていると、ヘルムートは顔を近づけ、乳房の裾野に舌を這わせ始めた。

チロチロと細かく舌を動かし、先端に向かって舐め上げていく。最後に乳首を口に含むと、チュッと吸い立てられた。

「ああっ……」

ジンジンとした気持ち良さに襲われる。

お腹の中が甘く疼き、下腹からとろりと愛液が滲《にじ》み出る。

ヘルムートの舌の動きは巧みで、乳輪を舐《な》め回されると快楽のあまり震えるような息を吐き出してしまう。

「はあっ……ああっ……」

「ふふっ、気持ち良さそう。そろそろこちらはどうかな」

胸から顔を上げ、ヘルムートが口付ける。

最初から舌を捻じ込むキスは強引なものだったが、私はそれを陶然と受け入れた。

舌先同士を擦りつけ合う。

頭が馬鹿になり、何も考えられない。

ヘルムートの手が太股《ふともも》に触れた。するりと内股を撫《な》で上げられる。

手はそのまま上がり、股の間に到達した。

蜜口に彼の手が触れる。

クチュリと濡れた音がした。

ヘルムートが蜜口の形を確かめるように指を動かす。

恥ずかしい場所に触れられていると思うも、キスをされているので、身体を震わせることしかできなかった。

「ふうっ、んんっ……んんっ……」

上と下で同じような水音がしている。

ヘルムートが濡れた蜜口の中に軽く指を沈ませた。

浅い場所でクチュクチュと指を動かしている。

「ちゃんと感じてくれているんだね。嬉しいよ」

ヘルムートが唇を離し、にっこりと笑った。

同時に指が深い場所に沈められる。

圧迫される感覚が慣れなくて、声を抑えられない。

「ひうっ……」

「痛い？」

「い、痛くはないですけど」

変な感じなのだ。

正直に告げると、ヘルムートは「それなら大丈夫」と言い、更に指を沈み込ませた。

キュウッと肉壁が彼の指を締め付ける。

「少し動かすね」

「んんっ」

隘路《あいろ》を広げるように指を動かされた。

時折、膣壁を引っかかれるのが妙に気持ち良い。

「はっ、あっ……ああっ……」

「苦しい？」

「んっ……大丈夫、です……んんっ⁉」

指が二本に増やされた。

二本目の指は一本目に絡み付くように中へと入っていく。

より強くなった圧迫感に目を瞑る。

ヘルムートが中で指をバラバラに動かした。その最中、雷に打たれたような衝撃が走る場所を擦られた。

「あっ、あああっ！　やあ、そこっ！」

「ああ、ここなんだね」

身体を大きく跳ねさせる私を余所に、ヘルムートがその箇所を重点的に攻め始める。

快感と呼ぶには強すぎる刺激だ。

私は身体を必死に捩らせ、ヒンヒンと啼《な》いた。

「ああっ、やあ、だめ……ダメなのっ……」

「嘘つき。気持ち良いなら気持ち良いと言わなくちゃ。ほら、中がどんどん潤ってきたし柔らかく解《ほぐ》れてきたよ。気持ち良いね、ローズマリー」

「ああっ、ああっ……気持ち良いっ！　気持ち良いからっ……！」

もうやめてほしい。

ヘルムートが刺激する場所がジンジンとしてきた。

快感が降り積もり、抱えきれなくなってくる。お腹の中が熱くうねり、出口となる場所を探していた。

背筋に火柱が走る。指を咥《くわ》え込んだ膣内が妖しく蠕動《ぜんどう》し始めた。

溜まり溜まったものが迫り上がってくる。

必死にシーツを握り締め、腰を浮かせた。

「や……あ……は……」

「イきそう？　イっていいよ」

我慢しているものを解き放たせようと、ヘルムートが指の動きを激しくさせる。

甘美な稲妻が背筋を駆け抜けて行く。

「アッ、ア――――ッ!!」

恥じらいもなく大きな声を上げ、狂おしく全身を跳ね上げる。

頭の中に星が散る。

深すぎる衝撃に身体中がガクガクと痙攣《けいれん》していた。

「ハアアッ、ハア……ハア……」

全身から力が抜ける。

ぐったりして、指一本動かすのも億劫《おっくう》だった。そんな私を愛おしげに見つめ、ヘルムートが両足を持ち上げる。

足を大きく開かせ、すっかり開いた花弁に反り返った肉棒を押しつけた。

亀頭は丸く滑らかな感触だが、酷く熱い。

先ほど目の当たりにした巨大な太竿が中に入ろうとしているのだと気づき、目を見張った。

「へ……」

「そろそろ大丈夫そうだから挿《い》れるね」

「はっ……あああっ！」

ヘルムートの言葉と共に、鋭い痛みが押し寄せて来る。

逞《たくま》しい男根が濡れ襞《ひだ》を強引に押し開き、蜜孔の奥を目指して進行してきた。

膣道を押し広げられる際に生じる疼痛《とうつう》にギュッと目を瞑る。

「い、痛いっ……」

「ごめん。これぱっかりはどうしようもないから、我慢して」

「……は……いっ……」

顔を歪めながら頷く。

初めての時に痛みを伴うことは知っていた。

肉棒が中を進んでいくのをダイレクトに感じる。

ヘルムートの腰の動きが止まることはなく、彼はひと息に肉棒を捻じ込んだ。

蜜道に屹立がギチギチに埋まっている。体内が圧迫される感覚と、いまだ残る痛みに浅い呼吸を繰り返した。

「はあっ……ああっ、ああ……」

「ああ……全部入ったね。これで君は私のものだ」

ヘルムートの声はひどく嬉しそうだった。

私も痛みは辛いが、ヘルムートのものになれたことが幸せで仕方なかった。

彼のモノを隙間なく奥まで受け入れている現状が堪らなく幸福だったのである。

「ヘルムート様……私も……」

「君も嬉しいって思ってくれる？」

「もちろんです。私、ずっとヘルムート様だけのものになりたかったから……」

「ローズマリーは本当に可愛い人だね。ね、動いてもいいかな。君の中をもっと強く感じたいんだ」

甘く囁《ささや》かれ、胸の奥がキュンとした。

「はい、お好きになさってください。その……私はあなたのものですから」

「君は私を喜ばせるのが本当に上手い。ふふっ、そんなことを言われたら手加減できなくなってしまうよ」

ヘルムートが両足を持ち直し、ゆっくりと腰を引く。

圧迫感が少し消え、ホッと息を吐いたところで、再び屹立を打ちつけられた。

「ああっ……！」

硬い肉棒が開かれたばかりの膣奥を抉《えぐ》る。熱杭が何度も膣道を行き来した。

痛みがあったのは最初だけ。

すぐにそれは快楽に打ち消された。初めてで気持ち良いなんて信じられなかったが、私が得ているのは間違いなく快感だ。

ヘルムートの屹立に蜜道を拓《ひら》かれるのが気持ちいい。

最初は硬かった淫肉は前後運動を繰り返されることで柔らかくなった。

甘ったるい声が己の口から零れ出る。

「あっ、あっ、あっ」

「声が甘いね。感じるの？　ローズマリー」

硬い肉茎が何度も襞を擦っていく。柔肉が雄に絡み付くのを感じながら私はがくがくと首を縦に振った。

「気持ちいい……気持ちいいです……」

「そう、良かった。やっぱり痛いだけじゃ可哀想だし、君にも気持ち良くなってほしかったから」

「ヘルムート様も……気持ち良いですか？」

私だけが悦楽を得ているのは嫌だという気持ちで尋ねる。

ヘルムートは膣壁を切っ先で抉りながら私に答えた。

「もちろん。こんなに気持ち良いとは思わなかった。癖になったらどうしようって今から不安になるくらいだよ」

「そ……ですか……よかった、です……ひゃんっ」

蜜壺に埋められた肉竿が中で体積を増した。

ただでさえいっぱいだった隘路が更に圧迫される。

「ひゃっ、ヘルムート様、大きくしないで……」

「君が可愛いことを言うからだよ。もう本当に可愛いんだけど。こんなに可愛いなら、もっと早く捕まえておけばよかった。しつこく試し行動なんてするんじゃなかったな」

後悔を滲ませながら、熱い杭を更に奥へと突き入れてくる。

「ああっ……」

亀頭で膣奥を叩かれ、悲鳴のような声が上がる。

グリグリと押し回されるのが気持ち良い。

「ああっ、ああっ、あああっ！」

「中がどんどん潤ってくるよ。ふふっ、私のモノを奥まで咥え込んで、離さないと言わんばかりだ。熱烈だね」

「ひっ、ひぃっ……あああんっ！」

激しい抽送が私を追いつめていく。

ヘルムートによって拓かれた蜜壺が、肉棒を締め上げていた。それを振り払うかのように男根が激しく動く。

終わりなく生じ続ける肉悦が心地良くて、ずっと味わっていたいと思ってしまう。

官能が高まり、他のことは何も考えられない。

ただ、譫言《うわごと》のように愛しい人の名前を呼ぶだけだった。

「ヘルムート様……ヘルムート様……」

「なあに、ローズマリー」

「あっ、んっ、んんっ……」

訳も分からずヘルムートに向かって手を伸ばす。身を屈《かが》めてくれたので、遠慮なく抱きついた。

嵐のような抜き差しは止まらない。

喜悦が引き続き全身を襲っていた。

「はああっ、ああっ、ああっ……！」

「ローズマリーってすごく感じやすい身体をしているんだね。私としては嬉しいけど、本当に癖になりそうで怖いな。気持ち良すぎて、ずっと腰を振っていたくなる」

柔肉の感触を楽しみながらヘルムートがうっとりと告げる。

私だって、初めてでこんなに感じてしまうなんて思ってもみなかった。

でも、好きな人に愛されているという事実が、どこまでも私の官能を高めていくのだ。

きっとヘルムートが相手でないとこんなことにはならない。

それが分かっていたし、何よりヘルムートが嬉しそうだったから初めての性行為で身悶《みもだ》えている現状を受け入れられた。

「へ、ヘルムート様……んんっ」

名前を呼ぶと、強請《ねだ》っていると誤解されたのか、舌を吸われる濃厚なキスをされた。

鼻先から息が漏れる。

口内を隙なく嬲《なぶ》られ、唾液を流し込まれた。

それを嚥下し、ぼうっとヘルムートを見つめる。

彼は妖しく微笑み、私の頬をそっと撫でた。

「もっと君を味わっていたいけど、そろそろ終わらせようか。初めてだし、あまり無理はさせられないから」

「ヘルムート様……」

「愛しているよ、ローズマリー。私の全てを受け止めてくれるね？」

青い瞳にじっと見つめられる。

欲望に塗れた彼の目を見つめ返し、頷いた。

「はい、ヘルムート様」

「よし、じゃあ、もっと啼いてもらおうかな」

「っ……！　あ、んんっ！」

「私もイきたいんだ。ローズマリーの可愛くていやらしい顔を見せてよ」

「ひぃっ！」

ヘルムートの腰の動きが勢いを増した。

太い幹が中を無遠慮に蹂躙する。

必死にヘルムートに抱きつき、悦楽をやり過ごす。

ヘルムートの身体は燃えるように熱く、汗ばんでいた。

「はあっ、ああっ、ああっ……！」

肉茎が一段と膨らみ、柔孔を苛《さいな》む。

楔《くさび》は硬く、何度も抽送が繰り返された。

ジンジンとした痺れと悦《よろこ》びが腹の中から広がっていく。

頭の中が真っ白になり、息は荒く、過呼吸になりそうだ。

身体が震え出す。熱いものがせり上がり、今にも弾けそうだった。

「は、あ、あ……あ……ヘルムート様……愛してます……」

「……ローズマリー……私も君を愛してる」

返ってくる言葉が嬉しい。

でも強く揺さぶられているせいで、噛みしめる余裕はどこにもなかった。

「あ、あああ、ああああああっ！」

唇を戦慄《わなな》かせる。

もう駄目だ、またイってしまう。そう思った次の瞬間、ヘルムートが肉棒を膣奥に強く押しつけてきた。熱泉が腹の奥に浴びせかけられる。

「ああああっ……！」

熱い奔流が注がれた衝撃に背中を押され、私も二度目の絶頂に至った。

顔を仰《の》け反《ぞ》らせ、全身を震わせながら彼の精を受け止める。

「はっ、はっ、はっ……」

身体に力が入らない。心臓がバクバクいっているのが分かる。

ドッと汗が噴き出てきた。

精はまだ注がれ続けていて、ヘルムートはじっと動かない。

「……ふぅ」

注がれる感覚がなくなり、ヘルムートが息を吐いた。何度か腰を打ちつけてから、肉棒を引き抜く。

「んっ……」

肉竿が膣壁を掠《かす》り、思わず声を上げてしまった。

ヘルムートが私の隣に身体を横たわらせ、抱き寄せてくれる。

「ありがとう。嬉しかったよ」

顔中にキスの雨を降らせながら、ヘルムートが告げる。

まだ絶頂と快感の余韻が残る中、私も言った。

「私も、嬉しかったです」

身体は重怠《だる》く、蜜孔にはまだ何かが挟まっているかのような違和感があるが、それを上回る多幸感が私の身を包んでいた。

ヘルムートと結ばれたことが幸せだったのだ。

彼の熱を直接感じ、愛されていると実感できた。

「ヘルムート様……私、幸せです」

するりと裸の胸に擦り寄ると、彼は優しく抱きしめてくれた。

肌と肌の触れ合う温かな感触が酷く心地良い。

「私もだよ、ローズマリー。今までなかなか君の想いに応えられなくてごめんね。これからは君が不安がらないよう私にできる限りで君を愛していくと誓うから、許してくれないかな」

「許す、なんて」

過去のことなどすでに時の彼方《かなた》に追いやっていた。

「こうしてヘルムート様が側にいてくれるのなら、十分です」

それ以外に私が求めるものなんてない。

ウェンディはアーノルド・ノイン公爵令息ルートへ行き、友人のレイチェルはラインハルトルートへと向かった。

そして私はヘルムートと結ばれ、皆、それぞれハッピーエンドを迎えようとしている。

最高だ。これ以上はないと断言していい、最高の展開。

「……ふわあ」

ヘルムートの体温を感じているとゆるゆるとした眠気に襲われた。欠伸《あくび》をすると、彼は「寝るといいよ」と優しく言ってくれた。

「ん、でも……」

「もう夜も遅いから。明日は一緒に登校しようね」

「……はい」

「これからはできるだけ一緒にいよう。これまでの分を取り返すくらい一緒にね。愛しているよ、ローズマリー。君の全ては私のものだ」

「……」

強く紡がれた言葉を聞きながら、目を閉じる。

初めての性交は思いの外体力を消耗していたのだ。

「お休み、ローズマリー」

「……お休みなさい」

なんとか就寝の挨拶を返したのが最後の記憶。
私の意識はゆるゆると眠りの世界へ落ちていった。

第四章　ファンディスク

念願叶《かな》い、ヘルムートと両想《おも》いになった。

もう私の片想いではないのだ。返ってこない「好き」の言葉に傷つくこともない。

あのあと、正式にヘルムートとの婚約が内外に発表され、同時に挙式日程も決まった。

挙式は学園を卒業してから半年後。

念願の結婚式までもう少し。私は達成感でいっぱいだった。

レイチェルとラインハルトは、あの夜会以降も色々あったみたいだが、結局落ち着くところに落ち着いた。

恋はしないと言っていた彼女だけれど、ラインハルトに押し負け、今はラブラブに過ごしている。

レイチェルと恋人同士となったラインハルトはその身分を明らかにし、それと同時に彼女との婚約を発表した。

そのことに一番喜んでいたのがヘルムートだ。

どうやらラインハルトに「王子とバレたくないから必要以上に近づくな」と言われていたらしく、遠くから彼のことをずっと窺《うかが》っていたのだとか。

「王子とバラしたんだから、もう遠慮することはないよね」と大喜びで彼の側に行っていた。

その様には、正直、ウェンディと話していた時よりも嫉妬したくらいだ。

ヘルムートは滅多《めった》に心を開かない分、一度心を許した相手に対しては距離が非常に近くなるようで、かなりラインハルトに懐いていた。

それはもちろん私に対してもだけれど。

両想いになってからというものヘルムートは基本私にべったりで、ほぼ毎日のように城に連れ帰られていたといえば分かるだろうか。

ゲームのヘルムートはここまでではなかったように思うのだが、二次元と三次元は違うのは当たり前だろう。

ただ、ヘルムートに連れ込まれると、毎度の如く抱かれることになるのは意外だった。

なんとなくヘルムートは淡泊な人だと思い込んでいたから、押し倒され、雄の表情を見せられるたび驚くのだ。

そういえば、私が最後まで気にしていたウェンディも無事、アーノルド・ノイン公爵令息ルートでハッピーエンドを迎えたらしい。

彼らもこの間、婚約を発表していた。

彼女についてはヘルムートさえ絡まなければ幸せになってほしいと素直に願えるので、アーノルド・ノイン公爵令息と結ばれたことを心から嬉《うれ》しく思う。

そして今日、いよいよ卒業式を迎えたのだけれど――。

◇◇◇

「まさかウェンディも転生者だとは思わなかったわ……」

自室でひとり呟《つぶや》く。

卒業式が終わった後、ヘルムートに屋敷まで馬車で送ってもらい帰ってきた。

彼としては今日も私を城へ連れ帰りたかったらしいが、どうしても溜《た》まっている仕事があるらしく「明日は空けるから、絶対に部屋まできて」と約束させられている。

私としてもヘルムートと会えるのは嬉しいので、笑顔で返事をして帰ってきたが、こうして部屋でひとりになると、なんとなく退屈になる。

だから暇つぶしで今日あったことを思い返していたのだ。

卒業式のあと、レイチェルはラインハルトと一緒にメイソン王国へと向かったな、とか、卒業式がどんな感じだったとか、そういうことを考えていたのだけれど、今日一番の驚きは私が今呟いたことだった。

単なるヒロインだと思っていたのに、まさかのウェンディも元日本人の転生者だったのだ。

彼女曰《いわ》く、思い出したのはほんの数日前の話らしいのだけれど。

思い出した時は頭を抱えたとか言っていたが、確かにルート確定してから思い出したとか気の毒すぎる。

彼女の場合は、最推しが攻略したアーノルド・ノイン公爵令息だったらしいので、終わりよければすべてよしのようだけど。

そんな彼女に頼まれてレイチェルと三人、友人となることになったのだが、本当に人生は分からないものだ。

あれだけ目の敵《かたき》にしていたウェンディと友人になる日が来るなんて考えたこともなかったから。

「ま、ヘルムート様以外のルートへ行ってくれたんだから、友人でもなんでもいいけど」

話を聞いたところ、彼女はわりと早い段階からアーノルド・ノイン公爵令息狙いだったようだ。

そのわりにはやたらとヘルムートのところに来ていたなと思ったが、なんと彼女の目的はヘルムートではなく私だったらしい。

私と遠慮のないやり取りをするのが楽しかったそうだが、こちらはヘルムートを取られるかもとやきもきしていたのだ。

私の心配を返してほしい。

「ま、全部終わったことだからもういいけど」

グッと伸びをする。

明日はヘルムートと約束した通り登城するが、来週には王城に越すことが決まっている。

正式にふれも出され、挙式日程も発表された。

学園も卒業したのだからもういいだろうと、ヘルムートが言い出したのだ。

一緒にいたいと思ってもらえるのは嬉しいので、私は二つ返事で頷《うなず》いていた。

「あとはエンディング一直線。私は悪役令嬢ではあるけれど、そこは変わらないでしょ。ヘルムート様とはラブラブだし、恐れるものは何もないわ」

最早《もはや》私たちを邪魔するものはいない。そう思っていたのだけれど、やはり人生は甘くはない。

意外なところから、もう一波乱ありますよという話が届けられた。

◇◇◇

王城に移り住んで、約ひと月。

ヘルムートの隣の部屋を自室として与えられた私は、部屋でお茶会を開いていた。

赤と茶色で整えられた自室は公爵家にいた時より広い。家具類も馴染《なじ》みの職人が作ったものが用意されており、緊張することなくすぐに慣れた。

主室の奥に寝室があるのは、屋敷にいた時と同じだ。主室と寝室は別にしたい派なのでこれは嬉しい。

お茶会の相手は、レイチェルとウェンディ。

レイチェルは一時帰国していて、メイソン王国へ戻る前に城に立ち寄ってくれたのだ。

「今日の午後には帰るけど、少し話しましょう」と笑顔で訪ねてくれた彼女に感謝し、ついでにもうひとりの転生者仲間である友人ウェンディにも呼び出しを掛けた。

彼女も招きに応じてくれて、久しぶりに転生者仲間が三人揃《そろ》ったのだけれど。

お茶菓子のクッキーを突き、互いの近況を報告し合っている最中、それは起こった。

まずはレイチェルが、突然「あ」と声を上げたのだ。

彼女の視線はどこか宙を見ていて、視点が定まっていない。

尋常ではない様子に驚き、慌てて声を掛けた。

「レイチェル、レイチェルどうしたの⁉」

「……」

彼女と視線が合わない。レイチェルは微動だにせず、ただ目を大きく見開いていた。

「レイチェル……！　ねえ、ウェンディ、レイチェルが……えっ⁉」

もうひとりのお茶会の参加者であるウェンディにも声を掛ける。

だが彼女もレイチェルと同じ状態だった。目を見開き、まるで信じられないものを見たかのような顔をしている。

「ウェンディ⁉　ウェンディも一体どうしたのよ……！」

立ち上がり、ふたりの名前を呼ぶ。

レイチェルの肩を揺さぶると、彼女はハッとしたように目を瞬かせた。

「え……あ……」

「レイチェル！　正気に戻ったのね！」

「……私、今……あー……」

自分の状況を理解したと言いたげなレイチェルは、今度は顔を歪《ゆが》めた。

そうしているうちにウェンディも我に返る。

「……はっ⁉」

パチパチと目を瞬かせ、彼女が私とレイチェルを見る。

いまだ自分の状況が分かっていない様子の彼女に、レイチェルが「ねえ」と声を掛けた。

「ウェンディ、もしかしてあなたも私と同じものを思い出したんじゃない？」

「同じものって……レイチェル、あなたも？」

「ええ」

神妙な顔でレイチェルが頷く。

ふたりの会話の意味が分からなかった私は声を上げた。

「ねえ、ふたりは何を話しているの？　突然、ぼんやりして動かなくなったと思ったら、思い出したとかどうとかって……」

頼むから私を仲間はずれにしないでほしい。

そんな気持ちでふたりを見ると、彼女たちは顔を見合わせ「ローズマリーは思い出していないようね」と言い始めた。

「思い出してないって、だからなんの話なの？」

「……ええっと、簡単に言うと『恋する学園　ファンディスクしよっ！』の話なんだけど」

「……は？」

レイチェルの答えを聞き、目が点になった。

「……『ファンディスクしよっ！』？　何それ」

「『恋する学園』のファンディスクタイトルよ。今、突然その存在を思い出したの。そういうものがあったって。たぶんウェンディも同じよね」

「ええ」

レイチェルの問いかけに、ウェンディが頷く。

「今の今まで忘れていたのに、急にファンディスクがあったなって……そんな感じだったわ」

「前からだけど、なんか思い出す事柄を世界に制限されている感があって嫌よね。必要な時に思い出すようにされているみたいな……ふざけてる」

レイチェルは怒りを露《あら》わにしたし、ウェンディも同調した。

「本当、突然思い出すから吃驚《びっくり》よね。で、ローズマリーは思い出さなかったの？」

ふたりに目を向けられ、首を横に振った。

ファンディスクなんてものの存在を、全く知らなかったからだ。

彼女たちが言うような思い出す感覚もない。

「『恋する学園』は1と2の全二作じゃなかった？」

「それがね、『1』に関しては、ファンディスクが出ているのよ。言った通り、今、思い出したんだけど、確かメインヒーローであるヘルムートの中編シナリオがあったわよね？」

「ええ」

レイチェルの視線を受けたウェンディが話を続ける。

「『恋する学園』のファンディスクは、ヘルムートの人気から発売されたのよ。だからか、内容はヘルムートルートのその後的な話だったわ。オールキャラの短編シナリオもいくつか追加されていたけど、個別キャラでシナリオがあったのはヘルムートだけだったと思う」

「ヘルムートって軍服姿が大人気だったからね。まあ確かにあのパッケージは格好良かった」

しみじみと呟くレイチェル。その意見には私も大いに賛同したいところだ。

ウェンディがムッとした口調で告げる。

「私は当時、どうしてアーノルド・ノイン公爵令息ルートのその後話がないのかって憤《いきどお》っていたのよね。人気なのは分かるけど、全キャラに個別シナリオがあってもいいのにって。……まあ、買ったけど」

「私も買ったわ。オールキャラはコメディだったけどわりと面白くて、ヘルムート以外の個別シナリオがないことも許しちゃった」

「分かる。私もそうよ」

レイチェルとウェンディがキャッキャと意気投合している。

『恋する学園』の話、しかもヘルムートが関係している話なら私も加わりたいところであるが、いくら聞いても、そのファンディスクとやらを思い出せない。

「うぐ……どうして私は忘れたままなの。絶対にやっているはずなのに」

ヘルムートのその後話なんて、絶対に見たいやつだから、プレイしていないなんてはずはない。

そう確信が持てるのに、どう足掻《あが》いても何も思い出せなかった。

「分からない……悔しい……」

拳をテーブルに叩《たた》きつける。

ふたりがそんな私を呆《あき》れた目で見ていた。

レイチェルが言う。

「まあ、思い出せないものは仕方ないじゃない。確かにヘルムートの個別シナリオは、内容からしてもこの後に起こる話だけど、私たちは覚えてるし」

「えっ、この後に起こる話なの⁉」

がばりと身を起こし、ふたりを見る。

彼女たちはコクリと頷いた。ウェンディが口を開く。

「ハッピーエンドのあとの話……だったら良かったんだけど、内容的にはエンディングを迎える前の話なのよね。結婚前にこんな事件がありましたよ的な」

「結婚前……それって今のこと？」

「だからそう言ってる」

「やっとハッピーエンドだとホッとしたのに、まだ何か起きるの⁉　勘弁してよ」

本気で泣きそうだった。

九歳で前世を思い出してから、ひたすら戦い続けた日々。

それもようやくヘルムートと両想いになったことで終わったと思ったのに、まだ私の知らない何かがあるなんて。

そう思い、ハッと気がついた。

「私は悪役令嬢だもの！　ヒロインのファンディスク話なんて関係ないのでは⁉」

「……婚約者という立ち位置にいるんだから、ヘルムートにとってのヒロインはあなたでしょ。いくら否定しようと今のあなたがファンディスクのヒロインポジションにいることは変わらないわよ」

「うぐっ」

ウェンディの鋭い指摘に何も言い返せない。

確かにヘルムートの婚約者という立ち位置なら、私で間違いなかった。

「ううう……ここにきて、ヒロインの苦悩を知ることになるなんて……」

悪役令嬢だけでもお腹《なか》いっぱいだったのだ。

ヒロインの苦悩なんて一生知らなくてもよかった。

「いいでしょ、別に。ファンディスクだもの。ハッピーエンドは確約されてる。気にする必要はないわ」

肩を落として嘆く私に、レイチェルが実に冷静に告げてくる。

確かにファンディスクというくらいだから、バッドエンドがあるとかではないだろう。その言葉に少し気を持ち直した。

そんな私をレイチェルが見つめてくる。

「レイチェル？」

「単刀直入に聞くわ。ローズマリーってファンディスクの内容を知りたい？」

「っ！」

大きく目を見開く。見ればウェンディも頷いていた。

「個別シナリオの内容は覚えているから、協力はしてあげられる。最終的にハッピーエンドになることは間違いないから心配しなくてもいいけど、あなたが不安だっていうのなら、教えてあげるわ」

「お願いっ！　教えてっ‼」

身も蓋もなく、レイチェルたちに泣きついた。

いくらハッピーエンドと分かっていても、個別シナリオがあると知ってしまっては、落ち着いて日々を過ごせないと思ったのだ。

それくらいなら全部聞いておいて、対策とか心構えとか、そういうものをしていきたい。

即答した私を見たレイチェルが目を丸くしていた。

「……少しくらい悩まないの？　ネタバレとか大丈夫な感じ？」

「私は昔からネタバレ大歓迎派よ！　心の準備ができる方が有り難いの。初見で行くなんて恐ろしいことできないわ！」

「はあ……」

レイチェルは呆れていたが、ウェンディは同意するように頷いていた。

「分かるわ。私も情報を集めてからプレイするタイプだもの。バッドエンドは見たくないから、正しいルートを調べないとプレイできないのよね」

「ゲームの意味とは」

レイチェルが眉を寄せるが、私はウェンディの気持ちの方がよく分かる。

自分の望むルート以外は見たくないのだ。だから事前に情報を集める。

「まあ、ローズマリーがそれでいいというのなら教えるけど……」

「お願い。あなたたちだけが頼りなのよ。私に心の準備をさせて」

真剣にふたりを見つめる。レイチェルが口を開いた。

「いいわ。ええっと、確か婚約者になってしばらくしてからの話なのよ。ヘルムートと婚約したヒロインは王城で暮らし始める。そんな折り、外国からお客様がくるの。どこの国かまでは覚えていないけど、王子とその婚約者……だったと思う」

確認するようにレイチェルがウェンディを見る。

ウェンディは「合っているわ」と彼女の言葉を肯定した。

レイチェルがホッと胸を撫《な》で下ろし、話を続ける。

「よかった。で、その婚約者なんだけど、あろうことか、ヘルムートに惚《ほ》れてしまうのよね」

「ヘルムート様に⁉　そんなの許せないんだけど！」

話が途中だとは分かっていたが、聞き流せなかった。

眉を吊《つ》り上げ怒りを露わにすると、レイチェルが「分かっているから最後まで話を聞いて」と諫《いさ》めてきた。

「ハッピーエンドだって言ったでしょ。ええと、まあ、今のローズマリーのようにヒロインは嫉妬するわけよ。でもそれは誤解で、本当は婚約者の女性は自分の婚約者である王子に構ってほしかっただけ……みたいなオチになるの」

「……その婚約者の女性は、ヘルムート様に興味はなかったってこと？」

確認するよう問いかけると、ウェンディが肯定した。

「そう。ヘルムートに気のある素振りをして、己の婚約者に嫉妬してもらいたかったというのが正解ね。ヘルムートとあなたは迷惑なバカップルに巻き込まれただけってことよ。まあ、もちろん巻き込まれたあなたは拗《す》ねてしまうんだけど、それをヘルムートが慰めて仲直りする展開があるわ」

「な、慰めてくれるの⁉　ヘルムート様が？」

聞き逃せないワードに反応する。レイチェルが真顔で頷いた。

「ええ。シナリオ最後の甘々イチャイチャってやつよ。恋人同士のイチャイチャだもの。Ｒ15くらいの感じだったわ」

「あ、Ｒ15……」

ゴクリと唾を呑《の》み込《こ》む。

ヘルムートとは毎晩絶賛Ｒ18展開な私ではあるが、やはり甘々イチャイチャと聞くとドキドキする。

レイチェルが話をまとめる。

「まあよくある話よ。でもファンディスクなんだからそれで十分だわ。最後のイチャイチャも長めだったし、ファンとしては合格点を出せた記憶がある」

「そうね」

ウェンディが深く同意する。

「ヘルムートファンは普通に喜んでいたんじゃないかしら。レビューもそれなりによかったし」

「ね」

「そ、そう……」

ふたりの話を聞き終わり、ほうと息を吐く。

ヘルムートと険悪になるとか、そういう展開はないようで安堵《あんど》した。

「分かった。つまりはどーんと構えておけばいいってことよね。やってくる王子の婚約者にヤキモチを焼く必要はないと」

「そうね。悪役令嬢の如く『ヘルムート様は私のものよ！』とか言う必要はないと思うわ」

「言わないわよ！」

カッと目を見開いた。

レイチェルがニヤニヤとしている。

「えー、そう？　ウェンディに対していた時みたいにやるのも面白いかもよ。悪役令嬢の面目躍如ってもんだわ」

「私も見たい！」

ウェンディまで目をキラキラさせ始めた。

「いや、あのね。そんなことしないから。……変な行動を取ってヘルムート様に嫌われたくないのよ」

「大丈夫でしょ。あの方、思っている以上にあなたに惚れているみたいだもの。ちょっとやそっとのことで嫌ったりしないと思うわ」

レイチェルは断言してくれるが、もし違ったらどうしてくれるのだ。

それにウェンディの時だって、別に悪役令嬢をしたくてしていたわけではない。

気づいたらやっていたというだけだ。

「とにかく！　悪役令嬢はやらないし、嫉妬もしない。お客様がいらっしゃっただけと思って対応していくわ」

「えー、面白くない」

「面白くなくて結構」

レイチェルたちは不満げだが、私は余計なイベントに参加したくないのだ。

スルーできるのならそうしたい。

とはいえ、全部が終わった後のイチャイチャとやらは気になるので、そこは難しいところだなと思った。

◇◇◇

レイチェルたちが帰ったあと、ヘルムートが部屋へやってきた。

ソファに並んで座る。彼が遠いと言わんばかりに腰を引き寄せてきた。

想いが通じ合ってからのヘルムートは、言葉を惜しまず、行動でも愛を示してくれている。

嬉しくなって肩に頭を乗せると、彼は小さく笑った。

「相変わらずローズマリーは可愛いね。今日は、友人たちとお茶をしていたんだって？」

「はい。もう帰ってしまいましたけど」

ヘルムートの問いかけに答える。

ウェンディはこの国に住んでいるが、レイチェルは隣国まで帰らなければならないのだ。

特に今回の一時帰省は婚約者であるラインハルトを置いてきたとのことで、急いで帰らないと彼が怖いとレイチェルが言っていた。

今頃彼女は馬車の中で、ラインハルトの機嫌を取るための方策でも考えているのだろう。

「学生時代の友人と付き合いが続くのは素晴らしいことだよね。ああ、そういえば君に話さなければならないことがあったんだ」

「話さなければならないこと、ですか」

「うん」

ヘルムートが話を切り出す。

「実は、来週から一週間ほど外国から客人が来るんだよ。君には彼の婚約者の相手をしてほしいと思っている」

「お客様、ですか」

まさに先ほど聞いたばかりの話だ。

ファンディスクの展開が来たということだろう。

レイチェルたちから話を聞いておいて良かったと思いながら返事をした。

「はい。私で良ければお相手させていただきます」

「うん、よろしく。私は彼の方にかかりきりになると思うから」

「わかりました」

外国からというが、どこの国の人なのだろう。

もう少し詳しいことを聞きたいと思ったが、それは叶わなかった。

その前にヘルムートが顔を自分の方へ向けさせ、キスしてきたからだ。

「んっ、ヘルムート様……？」

「好きだよ、ローズマリー。今日はなかなか君に会えなかったから寂しかった。君は？　私に会えなくて寂しいと思ってくれたかな」

「あ、当たり前です」

友人とのお喋《しゃべ》りは楽しいが、ヘルムートと離れているのはやはり寂しいものなのだ。

ムッとしながら答えを返すと、彼は満足げに笑った。

「そう、よかった」

「ヘルムート様……ひゃっ……」

肩を抱いていた手が下がり、服の上から胸を揉《も》み始めた。

あまりにも自然すぎて、一瞬、本気で気づけなかった。

「あ、んっ」

乳首がある辺りを指で押される。直接触られるほど感じはしないが、それでも身体は反応してしまう。性的な触れ方をされ、ヘルムートを見上げた。

「え……まだ、んっ、まだ日も高いのに……」

「君が可愛いから仕方ない」

「あっ……」

「欲しいんだよ」

後頭部に手を添えられながら、ソファに押し倒された。ヘルムートは私の上に覆《おお》い被《かぶ》さり、喉元に口付けてくる。

「あっ、んっ……ひゃっ」

彼の手がドレスの裾を巻き上げ、中へと侵入してくる。内股をなぞられれば、甘い期待に腹の奥が疼《うず》き出す。

下着の上から蜜口を軽く押され、じわりと愛液が滲《にじ》み出《で》た。

「ヘルムート様ぁ」

彼の服を掴《つか》み、強請《ねだ》るような声を上げてしまう。ヘルムートが嬉しそうに笑った。

「ローズマリー、いい？」

断られるなんて思ってもいないという声でヘルムートが聞いてくる。

指はすでに下着の中へ潜り込もうとしていた。それを止める気がない時点で私の答えは決まっている。

「……はい」

「愛してるよ」

「私も、愛してます」

唾液を啜《すす》り合う淫らなキスをし、彼の首に己の手を絡める。

頭の片隅では、せめてベッドに移動してほしいという気持ちもあったが、私がヘルムートに何か言えるはずもなく、我に返ったのはそろそろ夕食の時間になろうかという頃だった。

◇◇◇

一週間後、ヘルムートに聞いていた通り、外国からの客が着いたという連絡を受けた。

女官に手伝ってもらい正装に着替える。

侍従の案内で、謁見の間へと向かった。

「結局、誰が来るのか聞けないままだったわ……」

廊下を歩きながら呟く。

何度か聞こうかなと思いもしたのだが、それより先にヘルムートに押し倒されるのだ。この一週間、三度ほど聞こうとしたが、全て失敗に終わっていた。

「流される私も悪いとは思うけど」

相手は長年想い続けてきたヘルムートなのだ。

そんな人に「抱かせて」と言われて「そんなことよりお話があります」などと言えるはずもない。

どちらかというと欲しがってもらえるのが嬉しくて、大喜びで「はい」と返事をしている状況だった。

ヘルムートに弱すぎる自分が情けないが、仕方ないではないか。

彼と繋《つな》がっている時間は愛されていると実感できて幸せなのだ。精を受けて達する瞬間のあの途方もない幸福感を一度知ってしまえば手放せるはずもない。

「まあいいわ。ファンディスクの内容は聞いたし、誰が来ようと嫉妬しなければいいだけのことなのだから」

これからやってくる女性はヘルムートに惚れる展開になるということだが、それは嘘《うそ》で、相手は自分の婚約者の気を引きたいだけ。

それが分かっているのだから、大船に乗った気持ちでいられると思った。

謁見の間《ま》に着く。

事前に連絡を受けていたのだろう。

私の姿を見た兵士たちが恭しく扉を開けた。

背を伸ばし、謁見の間に一歩踏み出す。

尖塔《せんとう》アーチが多用された謁見の間は黄金の輝きでキラキラとしていた。

壁や天井も金でコーティングされている。

光を取り入れるための大きな窓がある。他よりも一段高い場所に据えられた玉座には誰も座っていない。玉座の上にはローデン王国の紋章が描かれた国旗が吊《つる》されていた。

玉座の近くにはヘルムートとひと組の男女の姿があったが、国王夫妻はいないようだ。すでに退出したあとらしい。

客だという男女は後ろを向いているので、どんな顔をしているのか分からない。

だが男性の髪は赤色で、女性はピンク色だった。

珍しい色合い……というか、この髪色のカップルを私はひと組知っていた。

「ん？　うん？」

色合いだけなら同じような人はいくらでもいるだろう。

だが、見れば見るほど知り合いに似ている気がした。

背格好も似たような感じだ。

——他人のそら似、よね？

私が入って来たことに気づいたヘルムートが声を掛けてきた。

「ローズマリー！　先週話したお客様だよ」

声音が珍しく明るい。

それを聞いて更に「あれ」と思う。

ヘルムートは心を許した人にしかこんな声音で話さない。となると、客というのは彼とそれなり以上に親しいということになるのだけれど。

——えっ？

くるりと女性が振り返った。

その顔を見て、思わず声を上げる。

「あ！」

「……こんにちは、ローズマリー。……先週ぶりね」

何とも言えない顔でこちらを見てきたのは、先週私にファンディスクの存在を教えてくれたレイチェルその人だった。

「レイチェル⁉」

驚きすぎて声がひっくり返った。

急いで彼女に近づく。

レイチェルの側にいたのは、当然といおうか彼女の婚約者であるラインハルトで、なるほど、ヘルムートが上機嫌なはずだと納得した。

「……まさかレイチェルが来るなんて」

外国からの客だなんて聞かされたから、絶対に会ったことのない人だと思い込んでいた。

驚く私にヘルムートがしてやったりとした顔で言う。

「普通にラインハルトたちが来ると言っても面白くないからね。せっかくなら驚かせようかなと思って、詳しくは言わなかったんだよ」

「そ、そうなんですか……」

「うん。初対面の客の相手はさせられないけどトッド嬢ならいいかと思ったんだ。先週も会っていたみたいだし、気の置けない友人なんだろう？」

「は、はい、それは……」

ヘルムートの言葉に返事をする。

確かに考えてみれば、まだ婚約者でしかない私に、同性とはいえ初対面の客の相手はさせないだろう。

私が応対を任されたという時点で、多少は察してもよかったはずだ。

まあ、全然気づけなかったのだけれど！

見事、ヘルムートにしてやられたようだ。

「吃驚《びっくり》しました……」

「私たちが来ることを故意に黙っていたとは相変わらず性格の悪いことだ」

まだ驚いていると、レイチェルの隣にいたラインハルトが苦々しい顔で言った。

続編ヒーローに相応《ふさわ》しい相変わらずのイケメンぶり。

今日のラインハルトは王子らしく、煌《きら》びやかな盛装姿だった。

膝裏まで長さのある黒っぽいジュストコールは金の縁取りがあって非常に華やかである。

以前、夜会でレイチェルと踊っている時に盛装姿は見たが、制服を着ている時とはやはり雰囲気がずいぶんと変わる。

「別に良いじゃないか。悪いことをしたわけではないんだし。それより君が来てくれて嬉しいよ、ラインハルト。一週間なんて言わず、一ヶ月くらいいてほしいくらいだ」

「お断りだ。その間お前に付き纏《まと》われるのかと思うと、鬱陶しい」

ヘルムートはラインハルトがいるのが嬉しいのか、かなりご機嫌だ。

ラインハルトの方はうんざりしている様子で、それを見たレイチェルが笑っていた。

「レイチェル」

「相変わらずヘルムート殿下はラインハルトのことが好きだなって思っていたの」

「本当よね」

ニコニコしながらラインハルトに絡むヘルムートを見て溜息《ためいき》を吐く。

これはしばらく私のことは構ってくれなくなりそうな流れだ。

ラインハルトたちは用事があってこちらの国へ来たのだろうし、ある程度は仕方ない。

諦めて、レイチェルを呼んだ。

「良かったら、庭を散歩でもしない？」

外で散歩しながら話せればと思ったのだ。私の提案にレイチェルもすぐに頷いてくれた。

「いいわね、是非」

「ヘルムート様、先に失礼しますね」

「ラインハルト、私、ローズマリーと行くから」

お互い、婚約者に声を掛け、謁見の間を出る。

扉を出る時に後ろを振り返ったが、ヘルムートに懐かれたラインハルトが「勘弁してくれ」という顔をしていた。

「ふ、ふふっ……」

同じものを見たのだろう。隣でレイチェルが肩を揺らして笑っていた。

そんな彼女を連れて、王城の庭へ行く。

外部の人が殆《ほとん》ど来ない中庭の方へ案内したが、運良く私たち以外に人はいないようだった。

「――それで？　どうしてあなたが来たのよ？」

周囲に誰もいないことを念入りに確認してからレイチェルに尋ねる。

彼女はイングリッシュガーデンを思わせる自然美を讃《たた》える庭を楽しげに見回しながら口を開いた。

「それがね、私もよく分からないの」

「はあ?」

どういうことかとレイチェルを見る。自然と視線がキツくなった。

「ちょっと」

「嘘じゃないんだって。先週、あなたたちとお茶会をしたあと、メイソン王国へ戻ったでしょう？その時にね、聞かされたのよ。『来週から一週間ほどローデン王国の王城に滞在する』って。驚きすぎて三度も聞き返しちゃったわ。まさか私が『外国からの王子とその婚約者』をやるなんて思わないし」

「……」

「ファンディスクでも別にメイソン王国の王子が来たとか言ってなかったと思うんだけど、まあ、ここは現実だもの。色々と変わることもあるんじゃない？」

「そんな簡単に……」

暢気《のんき》なレイチェルに気が抜ける。

でも確かに彼女の言うとおりだ。全部が全部一緒だなんてあり得ない。

「拍子抜けだわ。でもあなたたちが『外国からの王子とその婚約者』だと言うのなら、何も気にする必要はなさそうね。だってあなた、ラインハルト殿下に構ってほしいからってヘルムート様を好きになる振りをする、なんてことしないでしょ」

「しないわよ。恐ろしい！」

「恐ろしいの？」

ブンブンと首を横に振るレイチェルを怪訝《けげん》な顔で見る。

恐ろしいとはどういう意味だ。

「冗談でも『ヘルムート殿下のことが好きになった』なんて言ったら、ラインハルトに殺され……はしないだろうけど、監禁くらいは余裕でされるわよ。ネタばらししたところで許してもらえなさそうだし、絶対に言わないわ」

「……ラインハルト殿下って、そんなに怖い人だったたっけ？」

『恋する学園』は2もプレイ済みだが、ラインハルトは正統派の良い男だったはずだ。

それが監禁？

ちょっと信じられなくて眉を寄せるも、レイチェルは「そうよ」と力強く告げた。

「あの男はそれくらい余裕でするから。ほんと、さらっと監禁とかできる男なのよ」

「……自分の婚約者をそこまで言えるのってすごいわね」

「だって事実だもの」

けろりと答えるレイチェルをまじまじと見つめる。

「恐ろしいなんて言っていたわりに、あまり怖がっているようには見えないわね」

「ん？　まあね。怖いは怖いけど、浮気しなければいいだけでしょ。私はラインハルトが好きだから
その予定もないし、心配する必要なんてないじゃない」

簡単に言うレイチェルだが、そういうものだろうか。

いまいち納得できなかったが、続けて言われたレイチェルの言葉に深く頷かされることとなった。

「じゃあ逆ならどうなのよ。ヘルムート殿下に『浮気するなら閉じ込めるよ』って言われたら。あな
た、怖いと思うの？」

「……思わないわね」

むしろそんなに想われているのかと喜んでしまいそうだ。レイチェルが呆れたように言う。

「だからそういうこと。お互い、自分のパートナーになら許せるって話でしょ。でもまあ、していな
い浮気で閉じ込められるのは嫌だから、私にゲーム通りの展開は期待しないでね」

「されても困るから要らないわよ」

今更ファンディスク的展開なんて求めていないのである。

「それで？　今回の滞在って何の用だったの？」

納得できたので話題を変える。向かっているのは私の部屋だ。

話しているうちに庭を見終わってしまったので、次は私の部屋へ移動することにしたのだ。

部屋に着き、ソファを勧める。

女官を呼び出し、お茶の用意をお願いした。

女官が下がり、ふたりになったところで改めて滞在の目的を聞くと、レイチェルは首を横に振った。

「私は聞かされていないの。ほら、私は他国の人間だし、まだ婚約者でしかないでしょう？　さすがに目的まで教えてもらえないわ」

「それはそうよね」

嫁いで正式に王族となったのなら教えてもらえるだろうが、今の彼女は『王太子の婚約者』でしかない。しかも外国の貴族。

詳細を知らされないのは当然のことだった。

「私が言われたのは、ラインハルトと一緒に行って、暇な時間はローズマリーとお茶でもしていればいい的なことだけよ。それくらいならお安いご用だもの。気負うことなくやってきたってわけ」

「そうだったのね」

「失礼します」

話がちょうど途切れたタイミングで、お茶の準備をした女官がやってきた。

やってきたのは三人で、彼女たちは手際良くお茶菓子と紅茶を並べていった。

お茶菓子はチョコレートタルトだ。

ヘルムートが甘いもの好きということもあり、お茶菓子にはチョコレート系の何かが出されることが多い。

レイチェルも甘いものは好きなようで、チョコレートタルトを見て目を輝かせていた。

「わあ、美味《おい》しそう」

声が弾んでいる。一緒に用意された紅茶はアップルティーで、一瞬合うかなと心配したが、意外と相性は悪くなかった。

ふたりでお茶を楽しみ、世間話をする。

レイチェルとは転生者仲間ということもあり、とても話が合って楽しい。

更にはしばらく王城に滞在するとのことで、時間を気にする必要もなかったから夕食時間ギリギリまで話し込んでしまった。

食堂まで一緒に行き、そこでも話す。

食堂ではヘルムートとラインハルトもいたが、彼らも男同士で何やら話しているみたいだった。

いつもの私なら拗ねるところではあるが、今日はこちらも友人と一緒なので気にならない。

「一週間いるわけだし、また遊びましょう」

「ええ、是非」

夕食後、更に私室にレイチェルを招き、寝る直前まで話したあと、ようやく別れた。

次の約束をして、部屋の扉を閉める。

気の置けない友人とのお喋りは、ストレス発散にもちょうどいい。

満たされた気持ちで、さて、お風呂にでも入ろうかと思ったところで、扉がノックされる音がした。

「？　レイチェル？」

咄嗟《とっさ》に出たのはレイチェルの名前だった。

つい数分前に別れたばかりだし、何か忘れ物でもして取りに戻ってきたのかもしれないと思ったのだ。扉に手を掛ける。

「どうしたの、何か忘れ物って……あ」

「……ローズマリー」

扉を開いた先にいたのは、レイチェルではなくヘルムートだった。

もう夜も遅いというのに、着替えもしていない。

私もそれは同じなのだけれど、一体何の用事かと首を傾《かし》げた。

「ヘルムート様？　こんな夜遅くにどうなさったのですか？」

廊下で話すのもなんなので、部屋へと招き入れる。

真夜中に異性を招き入れたわけだが、彼とは婚約者という間柄だし、互いの部屋には何度も泊まっているので、気にならない。ヘルムートも断ることなくあっさりと中に入ってきた。

扉を閉めて振り向く。その瞬間、ヘルムートがダンッと勢いよく扉に手をついた。

「え……」

「どういうつもり?」

「どういうって……え?」

それは私の方が聞きたい。

ヘルムートは扉に手をつき、私をギロリと睨《にら》んでいる。

扉に背をつくことになった私は吃驚して彼を見つめているわけだが……この状況はもしかしなくても壁ドンというやつではないだろうか。

——いや、壁ではなく扉ではあるんだけど……。

変なツッコミを自分でしてしまうくらいは、混乱している。

ヘルムートを見れば、その青い目は深い怒りを宿していて、どうして彼が怒っているのか分からず、疑問符だけが頭の中を埋め尽くす。

「え、えーと……ヘルムート様、怒っていらっしゃいます?」

「これが怒っていないように見えるのなら、医者にかかった方がいいね」

「……」

——あ、怒ってるわ。

声に怒気を感じ、首を竦《すく》めた。

何も悪いことをした覚えがないので怖いとは思わないが、鋭い眼光に晒《さら》されるのは落ち着かない。

「……あの」

「私は言ったはずだと思うけど」

「……何をでしょうか」

話が掴めないと思いながら尋ねる。

ヘルムートはキュッと眉を中央に寄せた。

どうして分からないのかとその顔は言っていて、思わず謝りたくなる迫力がある。

「……忠告だよ。前にしたと思うけど、君はもう忘れてしまったみたいだね」

「忠告、ですか？」

どうしよう。ますます意味が分からない。

いくら思い返してみても、ヘルムートの言う忠告などされた覚えがなくて、でも彼の顔を見れば絶対に聞いているはずなので、焦りだけが募っていく。

——全然、思い出せない！

ヘルムートの言葉なら大概は覚えていると言い切れるのに、肝心のことを思い出せないとか間抜けすぎる。

「あ、あの……すみません。覚えていません」

取り繕ったところで、今のヘルムートが許してくれるとも思えない。

正直に言う方がマシかと思い「覚えていない」と告げた。途端、ヘルムートから洩《も》れる圧力が強くなる。

――こ、怖っ！

「へえ、やっぱり忘れたんだ。所詮、その程度ってことなのかな」

「その程度ってどういう……」

「前に、あまり友人にかまけていると拗ねてしまうよと言っただろう？　君はすっかり忘れているようだけど」

「あ……」

そういえば、以前そんなことを言われた気がする。

まだ両想いになる前の話だ。

学園でレイチェルと友人になったという話をした時に、ヘルムートが言ったのだ。

「――あんまり友人のことばかりかまけていると、拗ねてしまうよ。それは覚えておいて」と。

そのあと「忠告はした」と言われたことも芋づる式に思い出したが、正直、今の今まですっかり忘れていた。

何せあの時は、後ろからハグをされていたので。

まだ両想いではなかった頃にされたバックハグは鮮烈な思い出として私の中に残っているが、強烈すぎて、その時に言われた言葉の方は飛んで行っていた。

「その様子だと、思い出してくれたみたいだね」

「あ、その……」

確かに言われた。だけど、あれは両想いになる前の話なのだ。

今に繋がる話だとは思えないし――と思ったところでハッとした。

「もしかしてヘルムート様、レイチェルに妬《や》いていたのですか？」

まさかまさかと思いながら彼を見る。

ヘルムートは苦い顔をしながら肯定した。

「そうだけど。何か悪い？　確かに彼女の相手をしてほしいと言ったのは私だけど、まさか寝る直前までずっと一緒にいるなんて思ってもいなかったんだ。何度か様子を見ていたけど、君はトッド嬢と過ごすのが楽しいみたいでずっと笑顔で、私のことを思い出す様子もないし」

「い、いや、それは。ヘルムート様だってラインハルト殿下と一緒だったじゃないですか！」

「君に対する当てつけに決まっているだろう。少なくとも夕食時はそのつもりだったよ」

冷たく告げられ黙り込む。

というか、だ。

レイチェルたちから聞いたファンディスクでは、嫉妬したヒロインをヘルムートが優しく慰める的な展開だったはずなのに、これ、逆になってはいないだろうか。

——まさかの逆バージョン⁉　え、私じゃなくて、ヘルムート様が嫉妬するの？

嘘だろうと思うも、ヘルムートは自分でも認めている通り、どう見ても嫉妬している。

相手がレイチェルになったから私が嫉妬することはないと高を括《くく》っていたのに、ヘルムートの方が妬《や》いてくるとか、予想外がすぎる。

——え、ええー？

何とも言えず、ヘルムートを見上げる。

彼は拗ねているというか完全に怒っていて、怒りを隠しきれない様子だ。

「ヘルムート様……」

「君は私がどれだけ君のことを愛しているのか分かっていない」

「そ、そんなの、私の方が言いたいです！」

さすがに黙ってはいられず反論した。

前世からずっとヘルムートのことが好きなのだ。その好きは自分でも気持ち悪いと思うくらい強い気持ちで、ヘルムートの方こそ私の想いを分かっていないと思う。

「私の方がよっぽどヘルムート様のことを好きで——んんっ」

噛《か》みつくようなキスをされた。

最初から舌を捻《ね》じ込《こ》む淫らなキスに翻弄される。

扉についた手はそのままに、もう一方の手は私の手首を掴み、扉に押しつけていた。

「ヘルムート……様」

荒々しい口付けに驚き、彼を見つめる。ヘルムートは身体を起こすと「もう黙って」と言った。

私の手を握り、早足で歩き始める。主室の奥にあるベッドルームへ続く扉を開けた。

強い力でベッドに放り投げられる。

「きゃっ……」

慌てて身体を起こそうとしたが、それより先にヘルムートがのしかかってきた。

「っ！　ヘルムート様⁉」

「忠告が聞けない悪い子にはお仕置きをしないといけないからね」

「お仕置きって……」

不穏な言葉に目を見開く。ヘルムートは私の頬《ほお》をするりと撫《な》で、妖しく笑った。

「二度と私の忠告を忘れないように、身体に覚えさせるだけだよ。それに、愛《いと》しい君に酷《ひど》いことをするつもりはないから。ただ——そうだね。この薬を飲んでもらおうかな」

「く、薬？」

ヘルムートが上衣のポケットから小さな紙を取り出す。開けるとオレンジ色の錠剤が一粒出てきた。

「これを飲んでくれればいい。それで許してあげる」

「これって……」

特徴的なオレンジ色の錠剤を見て、どんな薬なのか理解した。

家庭教師から聞いたことがあったからだ。オレンジ色の錠剤には気をつけろと。

それは何故かというと――。

「これ、媚薬《びやく》……ですか？」

「おや、よく知っていたね。そう。官能を高め、女性を感じさせやすくする、いわゆる媚薬と呼ばれるものだよ。ただこれは王家に伝わるもので、市井に出回っているような粗悪品とは違う。副作用の類いは一切ない。ただ、気持ち良くなれるだけの薬だ」

「な、なんでそんなものが……」

「王家にあるのかって？　少し考えれば分かると思うけど。初夜に使うんだよ。私と君には必要ないと思っていたんだけど、せっかくだからお仕置きに使うかと思って持ってきた」

「……」

ヘルムートの差し出す薬を穴が空くほど見つめる。

正直、媚薬なんて飲む機会が自分に訪れるとは思っていなかった。

レーティングR18のゲームなんかでは鉄板だろうけど、現実でお目に掛かるものとは考えなかったのだ。

だが、今、まさに目の前にその媚薬がある。

飲めば私はあられもなく乱れることになるのだろう。死ぬほど感じて、思い出すのも恥ずかしい痴態をヘルムートに見せるに違いない。

「これを飲んで、一晩中、私に抱かれるというのなら今回だけは許してあげるよ。私は心が狭いと言っただろう。一度自分のものと決めたものが一時《いっとき》たりと離れることを許せない」

「ヘルムート様……」

「どちらでもいいよ。君が選んで。ただ、後悔はしないようにね」

冷えた温度で紡がれた言葉を聞き、ハッとした。

たぶんだけどここで断れば、ヘルムートは私に見切りをつけるのだろう。

忠告を聞かず、自分が提示するお仕置きも受け入れられなかった女は必要ないと判断されるのだ。

さすがに婚約者に対し、そこまではしないだろうという気もするが、試し行動を取る癖のあるヘルムートだ。可能性はゼロではない。

ヘルムートに何があっても捨てられたくない私としては実質「飲む」一択だし、実際のところ驚きはしても嫌だとは全く思っていなかった。

何故なら、ヘルムートの今回の行動が嫉妬から来るものだと知っているから。

いつも嫉妬するのは私ばかりだったので、ヘルムートに嫉妬されて実はかなり嬉しかったのである。

——ヘルムート様ってば、こんなものを持ち出してお仕置きするくらい、私のことが好きなの？

媚薬を怖いと思う気持ちより、完全にこちらの方が気持ちとしては勝っている。

ヘルムートに愛されている。

それが彼の言動から分かって、嬉しくて仕方なかったのだ。

試し行動も全然問題ない。

それが愛情から由来するものであるのならば、いくらでも試してくれて構わない。

私はいつだって応える用意があるのだから。

「……飲みます」

身体を起こして答える。ヘルムートが軽く目を見張った。

「へえ？　いいの？　殆ど悩まなかったみたいだけど」

「はい。それで許してもらえるのなら安いものですから」

ヘルムートから薬を受け取り、間を置かず口に入れた。ヘルムートが告げる。

「かみ砕けばいい。それは避妊薬と同じで、水なしで飲めるものだから」

「……んっ」

言われた通り奥歯でかみ砕いた。苦い味なら嫌だなと思ったが、ほんのりオレンジ味がして、意外にも飲みやすい。

王家に伝わる薬ということだから、飲みやすさも考慮してくれているのだろうか。

そうだったら有り難いなと思いながら飲み込んだ。

「……飲みました。これでいいですか？」

「とりあえずはね。でも驚いたよ。もう少し躊躇《ちゅうちょ》するかと思っていた」

「ヘルムート様を愛していますから」

間髪入れず答えると、ヘルムートは目を瞬かせた。

その顔から怒りの色が消える。

「そうだね。君はそういう人だった。だからこそ私も君を愛したんだ。――さて、そろそろ薬が効いてきたかな。即効性だからすぐに効果が現れるはずなんだけど」

「どうでしょう。まだなんとも……あっ……！」

突然、ビリッとした快感が下腹に広がった。その衝撃で愛液がドロリと流れ落ちたのを感じる。

「ひゃっ……」

身体中、特に性感帯とされる場所がムズムズする。

痒《かゆ》みのようなものがあり、触れずにはいられない。

「んっ、あっ……」

我慢できず、服の上から胸を擦ってしまった。だけど痒みは治まらないどころか酷くなる。

「あ、や……痒い……っ……！」

堪《たま》らずベッドに転がり、身体をくねらせる。

今度は子宮の辺りが熱く疼き出した。今すぐ中に肉棒を突き入れてもらいたい心地になる。

蜜壺を思いきり掻《か》き回して、熱い精を吐き出してもらわなければ収まらない。そんな気持ちに駆られた。

体温も上がっているようで、熱くて熱くて仕方ない。

「へ、ヘルムート様……助けてっ……」

目尻に涙を浮かべ、ヘルムートを見る。彼は楽しそうに私を観察していた。

「へえ、聞いていた通りの反応だな。で？　ローズマリーは私にどうしてほしいの？」

すっかり機嫌は直ったらしい。

むしろ今までが嘘のような上機嫌で私を見つめてくる。

私は身体をくねらせながら、ヘルムートに強請った。

「ヘルムート様のが欲しいですっ……。中、熱くて痒くて、今すぐ中に挿《い》れてもらわないと私……」

「どうなるの？」

「お、おかしくなっちゃう……」

涙に濡《ぬ》れた目でヘルムートを見上げる。

ヘルムートがゴクリと唾を呑み込む音がした。

「強烈だね。いいよ、抱いてあげるから下着を脱ぎなよ。自分でできるよね？」

「っ！　できます……」

普段なら恥ずかしくてできなかったと思うが、媚薬に浮かされた状態の私には酷く易《やす》いことだった。

ドレスをたくし上げ、自分から素足を晒す。

腰に手をやり、もどかしく下着を脱ぎ捨てた。

酷く息が荒く、痒みも辛い。

「は、は、はーっ……」

とにかく早くヘルムートが欲しくて仕方ない。

子宮の疼きは頭にまで響いており、もはや肉棒を挿入してもらうことしか考えられなかった。

自ら足を大きく開き、ヘルムートに強請《ねだ》る。

「ぬ、脱ぎました。だからもう……お願いします」

あられもない格好をしているという認識すらなかった。

何もされていないのにすでにドロドロに蕩《とろ》けた花弁は色濃く膨らみ、大きく口を開いている。

それをヘルムートが興味深げに覗《のぞ》き込んだ。

「完全にできあがっているみたいだね。どうする？　前戯は必要かな？」

意地悪く聞かれ、私はイヤイヤと首を横に振った。

「い、要らないです。中、中にヘルムート様のをくださいっ……」

腹の奥はいまだ熱くうねりを上げている。ここをヘルムートのもので貫き、掻き回してもらわなければ辛い気持ちはおさまりそうにないのだ。

「早くぅ……」

蜜口からはひっきりなしに愛液が零《こぼ》れ落《お》ちている。粘液はシーツに落ち、染みをいくつも作っていた。まるで洪水のようだ。

「すごい眺め」

ヘルムートが喉を鳴らし、トラウザーズに手を掛ける。

限界まで膨れ上がった肉棒を引き摺《ず》り出す。大きく長さのある陰茎は迫力があっていつも少し怖さを感じるのだけれど、今日はそんな風には思わなかった。

だってソレが私のどうしようもない痒みと熱を鎮めてくれると知っているから。

期待に胸が震える。肉棒を陶然と見つめた。

「素敵……」

「そんなに熱い目で見つめられると照れるんだけど。フフ、次からもこれくらい積極的になってくれると嬉しいな」

ヘルムートが開いた股の間に来て、亀頭を蜜口に押し当てる。

それだけで溶けてしまいそうに気持ち良くて、私はうっとりと身体の力を抜いた。

「挿れるよ」

「早く、早く奥までっ……んあああああっ!!」

ヘルムートが膝を持ち、勢いよく屹立《きつりつ》を突き入れた。

雷に打たれたような喜悦が走る。あまりの気持ち良さに、一瞬で登り詰めてしまった。

「はあ……ああ……あああん……」

ヒクヒクと身体がヒクついている。絶頂の余韻か、未《いま》だ肉襞はキュウキュウに熱棒を締め付けていた。

ヘルムートが顔を歪める。

「締めすぎだよ、ローズマリー。挿れただけでイってしまうなんて、そんなに気持ち良かったの？」

「はい……でも、もっと欲しい……」

肉棒が埋まっても、疼きは全く治まらないのだ。

奥を何度でも突いてほしくてたまらない。

「ヘルムート様……動いて……」

「いいよ。君が欲しいだけあげる」

膝を持ったヘルムートが、細かく膣奥《ちつ》を突き始める。

刺激を待っていた場所は大喜びで屹立を食い締めた。膣壁を肉傘が擦っていくたび、愉悦が走る。

鮮烈な刺激が全身に行き渡り、痒みと疼きがようやく収まってきた。

代わりにやってきたのは途方もない快感だ。

肉棒が膣穴を行き来するたびに、あられもない声を上げてしまう。

「ああっ、ああんっ、気持ち良いっ……」

もっともっとと腰が揺れる。

ヘルムートの動きが少しずつ速くなってくる。

突きは次第に荒々しくなり、最深部を容赦なく抉《えぐ》った。

下腹部に熱が溜まる。

肉棒にグリグリと奥を押し回されるのが、涙が出るほど気持ち良かった。

「ああっ、ああっ、ああっ」

ビクンビクンと身体が痙攣《けいれん》する。

蜜壺の中はどこもかしこも気持ち良くて、軽く突かれるだけでイってしまう。

乱暴に行き来されるのが気持ち良い。グポグポといういやらしい音が鳴り、愛液が飛び散った。

「ローズマリー、ローズマリー……！」

ヘルムートが熱に浮かされたように、何度も私の名前を呼ぶ。

肉欲に支配された目が心地良く、もっと欲しいと願ってしまう。

——気持ち良い、気持ち良い、気持ち良い。

意味が分からないくらい、ただただ気持ち良かった。だけど熱くて堪らない。

あと、胸の天辺《てっぺん》が先ほどから痒くて仕方なかった。

「はーっ、はーっ、はーっ」

ヘルムートに熱く貫かれながら、ドレスの袖から腕を引き抜いた。胸の下までドレスを下げる。

「ローズマリー？」

私の動きを見たヘルムートがこちらを見る。私はうっとりと笑い、胸を覆う下着を取り払った。白い乳房が彼の目に晒される。何もされていないのに乳首は硬く尖《とが》っていた。

ヘルムートに腰を打ちつけられている状態なので、胸はプルプルと上下に揺れている。

「ヘルムート様……胸、触ってください。乳首が痒くて」

淫らな願いを告げ、ヘルムートを見つめる。

彼は腰をグリグリと押しつけながら、胸に手を伸ばしてきた。

「あんっ」

乳首に触れられ、甲高い声が上がった。でも、軽く触られたくらいでは痒みは鎮まらない。

「もっと、もっとちゃんと触ってぇ」

「媚薬の効き目ってすごいな。こんなに乱れてくれるなんて思わなかった」

感心した口調でヘルムートが言い、乳首を二本の指で摘《つね》まむ。キュッと抓られ、甘ったるい声が出た。

「ああんっ、それ、気持ち良いっ！」

「そう。よかったら吸ってあげるけど」

「吸って、吸ってぇ」

自ら胸を突き出す。

ヘルムートが顔を寄せ、乳輪を舐《な》め回《まわ》した。舌でベロベロに舐《な》め上げられ、ビクビクと震える。

次にパクリと口内に含まれ、強く吸い立てられた。

「ああぁっ！」

痒みが心地よさに上書きされる。私は彼の頭を抱きしめた。

「気持ち良い、気持ち良いですっ……もっと吸って……ああんっ」

尖った乳首に歯を立てられ、ヒンヒンと啼《な》く。その間も腰の動きは止まらなかった。肉棒はみっちりと膣穴に突き刺さっており、奥をグリグリと虐《いじ》めている。

「ああんっ、ああんっ、気持ち良いのっ……！」

乳首を指で虐められるのも、舌を立てられ、舐めしゃぶられるのも、全部が全部気持ち良い。

切っ先が鋭く膣奥を叩く。

ヘルムートが前屈《まえかが》みになり、腰遣いを変えた。

腰を大きく打ちつける。硬い肉茎は更に膨らみ、蜜穴を圧迫していた。

「はあ、はあ、はあ……！」

「……出すよ」

その言葉とほぼ同時に、ヘルムートは腰を強く押しつけた。

熱いものが膣奥へと流し込まれる。

「あああああっ……！」

精の爆《は》ぜる感覚につられるように絶頂する。

だけどまだ足りない。全然足りない。

マシになったと思った身体の疼きがすぐに戻ってくる。私は吐精しているヘルムートを見つめ、熱の籠もった声で告げた。

「ヘルムート様……もっと」

「もっと、何？」

意地悪い声で尋ねられ、私は身体をくねらせた。

「もっとヘルムート様が欲しくて私……全然身体の疼きが収まらないんです」

「どうしてほしい？」

「いっぱい奥を突いてほしいし、中に出してほしい……ヘルムート様のもので満たされたいんです」

疼きが強すぎて、羞恥なんてどこにもない。

ヘルムートが肉棒を引き抜き、私を四《よ》つん這《ば》いにさせる。

蜜壺からポトポトと白く濁った精が滴り落ちた。

白濁は太股《ふともも》を濡らしていく。ツンとした匂いは決して心地良いものではないが、全く気にならなかった。

ヘルムートが後ろから肉棒を宛《あて》がってくる。

精を吐き出した直後にもかかわらず、屹立は熱を持っていた。硬くそそり立つものがまた肉路に突き入れられていく。

「あっ、あああっ……！　あああんっ！」

開いた肉傘が、いつもと違う場所を擦り上げた。

喉を仰《の》け反《ぞ》らせ、喜悦に浸る。

硬度を増した雄が奥まで埋まった。肉竿はすぐにピストン運動を始め、私の弱い場所を何度も攻め立てる。

「ああっ、ああっ、あああっ！　やあっ、ダメッ！　イくのっ！」

正常位の時よりも強い快感に噎《むせ》び泣く。

粘膜を抉るように突かれるたび、軽く達してしまう。

「あっ、あっ、ああっ！」

達するたび、身体が痙攣する。

私がイっているのは分かっているだろうに、ヘルムートは腰を動かすのをやめなかった。

ギュウギュウに締め付ける中を楽しむように、硬い杭《くい》を打ちつけ続けている。

「あっ、あっ、んんんっ……！」

身体を支えていられなくて、ベッドに顔を押しつけた。

腰を高く上げるような体勢になる。

快感は限界まで高まっており、男根が出入りするたび悲鳴のような嬌声《きょうせい》が上がった。

切っ先が奥を叩くとその一時だけは疼きが収まる。

でもすぐに物足りなくなって、もっと欲しくなってしまう。

「もっと……もっとくださいっ……奥、痒いのっ」

自らも腰を揺らし、ヘルムートを誘う。

熱い杭に打ちつけられている今が幸せだった。

「ああっ、ああっ、ああっ……！」

全身、びっしょりと汗をかき、彼のものを受け止める。

ヘルムートは無心に腰を振っていた。

時折手が伸び、揺れている乳房を鷲《わし》づかみにされる。形が変わるほど揉まれるのが気持ち良い。

「ここ、気持ち良いでしょ」

「ひんっ！」

肉棒が埋め込まれた膣穴。その上にある突起に触れられた。

小さな突起は軽く触れられただけでも絶大な刺激をもたらしてくる。

「ああんっ！」

ギュッと肉杭を圧搾する。ヘルムートの指の動きは止まらない。

肉芽をコロコロと指で転がし、新たな刺激を与えてきた。

「ひゃっ！　あっ、あっ、ああっ！」

「中がまた締まってきた。ここ、そんなに気持ち良いんだ」

「ひあっ！　気持ち良い、気持ち良いっ！」

後ろから突き上げられながら、陰核を攻められ、涙声になる。

「あああっ！」

ビクビクンとまた身体が撓《しな》った。

もう何度目になるかも分からない絶頂に、悲鳴を上げる。

それとほぼ同時にヘルムートが吐精した。

蜜壺の奥に一度目と変わらない量が吐き出される。

どぷりと流し込まれるそれを受け入れながら、ベッドに沈み込む。

ヘルムートが身体を倒し、私の背中に覆い被さってくる。

媚薬に犯され、まだ彼の肉棒を締め付け続ける私の耳元で囁《ささや》いた。

「仕方がないから今回は、これで許してあげる。でも、次はないからね」

「……は、い」

力なく頷く。

正直、心はまだ快楽を求めていたが、身体の方が限界だった。

燻《くすぶ》った熱を無理やり追いやり、大きく息を吐く。

ヘルムートが肉棒を引き抜き、力の入らない私を起こした。

「ヘルムート様……」

「本当、仕方のない子だね。愛しているよ」

「……私も、です」

触れるだけのキスをされ、小さく笑った。

よかった。どうやら完全に機嫌は直ったようだ。

ヘルムートがもう一度顔を近づけ、今度は唾液を流し込む淫らな口づけをしてくる。

「んっ、ううっ、んんんっ……」

クチュクチュという音がする。ヘルムートは逃げる舌を追いかけ、積極的に搦《から》め捕った。

舌先同士を擦り合わせる濃厚な口付け。それに応えていると、せっかく追いやった熱が、あっという間に戻ってきた。

「へ……？」

荒く呼吸を繰り返す私をヘルムートは再度押し倒した。

「へ、ヘルムート様？」

「もっと欲しいよね？　あげるよ」

「え……お仕置きは終わったのでは？」

今、そういう話をしていたのではなかったか。

目を見開く私にヘルムートがにっこりと笑う。私の足を開かせ、濡れ襞に雄を押しつけ、中へと埋め込んでいく。

二度たっぷり肉棒を受け入れたおかげでずいぶんと滑りの良くなった肉洞は、いとも易く男根を呑み込んだ。

「あ、あ、あああああっ」

三度、抽送が始まる。

もう限界だと思っていたのに、肉棒を叩きつけられれば媚薬に犯された身体は勝手に雄を求め始める。

「ひゃっ、あっ、あっ……」

頭の中がまたヘルムートに吐精してもらうことだけでいっぱいになっていく。

ヘルムートが腰を打ちつけながら私に言った。

「許してあげるといったのは本当だよ。もう怒っていない。でも、それはそうとして、お仕置きの内容は『一晩中私に抱かれる』だからね。まだ夜明けまでたっぷり時間はある。宣言通り、朝まで君を可愛がってあげるよってこと」

「う、嘘っ……!?」

確かにそんなことも言っていたような気がするが、許してもらえたあとも続くなんて誰が思うだろう。

だけど一度火の点《つ》いてしまった身体はヘルムートの精を求め、彼をギュウギュウに締め上げる。

またあの痒みと疼きが戻ってきた。

そうすると、ヘルムートに抱いてもらうことしか考えられなくなる。

「あ、ヘルムート様……」

私の声が甘くなったことに気づいたのだろう。ヘルムートが目を細めて笑った。

「なあに、ローズマリー」

「わ、私、もっとヘルムート様が欲しくて……」

「もちろんいいよ。これからはお仕置きじゃなくて、恋人同士の甘い睦《むつ》み合《あ》いの時間だ。朝までたっぷり愛し合おう。君もそれを願ってくれてるんだよね？」

はい以外の答えは許さないという顔をされたが、もとより私の答えは決まっている。

私は彼に向かって手を伸ばし、その背をギュッと抱き締めた。

「はい、ヘルムート様」

「愛しているよ、ローズマリー」

「私も、愛しています」

「ローズマリーのこと、もっとグチャグチャに愛してもいい？」

「ぜひ」

私の中で肉竿が太くなったことを感じながら頷く。痒みを増してきた中をグチャグチャにしてほしいのは私も同じだった。

「愛してください、ヘルムート様」

身体を折り曲げてくれた彼を抱きしめ、足を絡める。

熱さと体積を増した肉棒の感触がただただ愛おしかった。

ヘルムートと舌を絡め合うキスをする。彼が肉杭を激しく打ちつけ始めた。

その動きに翻弄されながら、私もまた乱れていく。

その後、何度もヘルムートに愛された私が最後にベッドに沈み込んだのは、翌朝の起床時間にもなろうかという頃。

さすがに媚薬の効果は抜けていたが、最早指一本動かすこともできなかった私は、丸一日ベッドで過ごすこととなった。

◇◇◇

「うう……まだ身体が痛い」

何とか一日で動ける程度に身体は回復した。

だがまだ腰に痛みはあるし、疲労も抜けてはいない。

ずっと足を開いていたせいか、股関節も痛かった。腰痛と連動してお腹も痛い気がする。

一晩中、激しく交わっていたのだからそれも当然だと思うけど。

媚薬を飲み、彼が満足するまで身体を重ねたこともあり、ヘルムートの機嫌は完全に戻った。

身体を張った甲斐があるというものだ。

「ヘルムート様ってば、意外とヤキモチ焼きなんだから」

ソファに座って、女官の淹《い》れてくれたハーブティーを飲みながら、一昨日のヘルムートを思い出す。

自然と顔が笑顔になった。

ヘルムートに妬《や》かれたことが嬉しくて仕方ないのである。私という女は。

「媚薬エッチなんて驚いたけど……とっても気持ち良かったし、結果的にヘルムート様の強い想いを感じられたもの。すごく幸せだったわ」

一晩中交わり続けるなんて、愛していない女とできるはずもないだろう。

実際、媚薬に犯されながらも私は彼の強い愛を感じていた。

だから身体は限界でも最後まで付き合えたのだ。

ヘルムートに応えたいという気持ちが強かった。

大変な思いはしたが、たまには嫉妬されるのもいいかもしれない。

媚薬エッチを幸せだったと受け入れられる時点で、私はかなりおかしいのだろうが、それだけヘルムートのことが好きなのだ。

彼が望むのならどんなことでも叶えてあげたいし、受け入れる所存である。

また媚薬を飲んでほしいと言われても、躊躇《ためら》わず飲むだろう。

「はー……でも、明日までには完全に回復させないとね」

明日のことを考え、浮かれていた気分が少し落ち着く。

明日は、夜会があるのだ。

メイソン王国からやってきたラインハルトを歓迎する夜会が執《と》り行われる。

国の主要貴族も出席する夜会で、ヘルムートの婚約者である私が欠席できるはずもなかった。

「ダンスもあるし、腰が痛いなんて言っていられないわ」

最悪、痛みを押してでも出席しなければならないだろう。

悲壮な決意を固めたが、幸いにもその日の夜には体調は回復した。

夜、様子を窺いにきたヘルムートがホッとした顔をする。

「よかった。この様子なら夜会には出席できそうだね」

「はい、なんとか間に合いそうです」

大人しく過ごしていたおかげだろう。

ベッドから上半身を起こして答えると、ヘルムートが申し訳なさそうな顔をした。

「ちょっと無理をさせすぎたね」

「いえ、その……元はといえば、私が悪かったので」

忠告されていたのに、完全に忘れていたのだから怒られても仕方ない。

「それに、あの選択を私は後悔していませんから」

キッパリと告げると、ヘルムートは軽く目を見張った。

「ローズマリー？」

「その……誤解のないように言っておきたいと思いまして。私、嫌ではなかったですからね？　確かに驚きはしましたけどその……嫉妬なんて普段あまりされないので嬉しかったですし」

本気で気にしていないのだと告げる。

ヘルムートが媚薬を使ったことを気に病んでいたりしたら嫌だなと思ったのだ。

「……嫌じゃなかったの？」

「はい」

「あんなに淫らなことをさせられたのに？」

「……気持ち良かったたし、ヘルムート様に愛されてるなって思ったので」

「……」

ヘルムートが驚いたように私を見ている。

そうしてフッと笑った。

「ほんと、そういうところが好きなんだよね」

「ヘルムート様？」

「あれだけ好き勝手されたのにそんなことを言うんだから、本当、可愛い」

ヘルムートが手を伸ばし、私の頬に触れる。

顔が近づいてきたので目を閉じた。触れるだけの口付けを交わす。

「ヘルムート様……」

「もう怒ってはいなかったけど、今ので完全にどうでもよくなったよ。また機会があれば媚薬、使おうね。あれ、まだたくさん在庫があるんだ」

「ヘルムート様がそうなさりたいのなら、お付き合いしますけど」

「とりあえず、次は結婚初夜にでも使ってみようか。もともとそこで使われるものだしね」

実に楽しそうにヘルムートが言う。

記念すべき結婚初夜であの乱れっぷりをまた披露することになるのかと思うも、ヘルムートがそうしたいのなら私に断る選択はない。

その後、二日ほど寝込む羽目になるかもしれないが、それは許してほしいなと思いながら頷いた。

「分かりました」

「分かっちゃうんだ。ほんと君って私好みの女性だね……って、ああ、そうだ。今日は別の話があるんだった」

すっかり脱線しちゃったよとヘルムートが笑う。

そうして私の目を見つめ、口を開いた。

「明日の夜会なんだけど、お願いがあるんだ」

「……お願い、ですか?」

首を傾げる。

「うん。夜会の間は私の近くに来ないでほしい。そうだな、それこそトッド嬢の側にいるといいよ」

「え?」

思わず耳を疑った。

だってレイチェルとずっと一緒にいたことでお仕置きを受けたのだ。その直後に、こんな話を聞く羽目になるとは思わない。

「レイチェルと話すな、ではなくて？」

確認すると、苦笑が返ってきた。

ヘルムートにもおかしなことを頼んでいる自覚はあるらしい。

「話すな、ではないね。まあ、あんなお仕置きをした私がこんなことを言っても信用ないのは分かってるんだよ。でもちょっと理由があって。明日だけは私とラインハルトの側には来ないでほしいんだ」

「ラインハルト殿下の側にも……ということはレイチェルもラインハルト殿下の側に近づけない方がいいんですか？」

「そうだね。一応、彼女も話はされていると思うけど」

「……何があるんですか？」

理由があるとヘルムートは言った。

話せるものならば教えてほしい。そういう気持ちで聞いたが、彼は首を横に振った。

「ごめんね。全部終わったあとになら教えてあげられる」

「そう……ですか。分かりました」

「一応言っておくけど、浮気とかそういうのはないから。だから君もむやみやたらと他の男に話しかけたりしないように」

真顔で釘《くぎ》を刺され、今度は私が苦笑した。

「分かっています。その、ヘルムート様のことも信じていますから」

それにお仕置きもされたくない。

ヘルムートのすることなら何でも受け入れる用意はあるけど、次はないと言われたのは覚えているし、性行為はイチャイチャしながらしたい派だからだ。

「そう言ってくれると助かるよ。ローズマリー、愛してる。全て終わったあとは、予定通り結婚しようね。君との初夜が今からとても楽しみだよ」

「……私も愛してます」

媚薬を使うことを楽しみと言われるのもなあと思いつつも肯定の返事をした。

もう一度キスをされ、うっとりと受け入れる。

また押し倒されるのかなと思ったが、さすがのヘルムートも今日はこれ以上行為を求めるつもりはないらしい。キスをした後は私に安静にするよう言い聞かせ、自身は隣の自室へと戻っていった。

◇◇◇

次の日、予定通り夜会は開催された。

出席者の顔ぶれは、城の関係者と高位貴族。

国王夫妻に第二王子、もちろんうちの両親も出席している。

開催場所は、第二広間と呼ばれる部屋だ。

王家主催の夜会では大広間を使うことが多いのだが、参加人数がそこまで多くないからだろう。手頃な広さの第二広間が選ばれたようだ。

第二広間は、非常に開放的な造りになっていて、いくつもある大きな窓が開け放たれている。

窓から外に出れば、そこは大庭園と呼ばれる王城にある庭のなかでも一番大きな庭。夜の庭が散策できるようになっていた。

大庭園には明かりが灯《とも》っており、すでに何人か外に出ている。

夜会は落ち着いた雰囲気で、流れている曲もゆったりとしたものだった。

最初に必要な挨拶だけを済ませた私は、ヘルムートに言われたとおり、レイチェルを連れ出した。

彼女も話は聞いているのだろう。誘うとあっさり「わかったわ」と頷いてくれた。

「おひとついかがですか？」

途中、侍従に勧められ、彼の持つトレーの上に乗っていたワイングラスを取る。

レイチェルも同じようにし、ふたりで空いている場所を探した。

「あそこならいいんじゃない？」

レイチェルが見ている方向に目を向ける。窓の近くに空白スポットができていた。

部屋の角なので誰かの邪魔になることもなさそうだ。

「そうね。あそこにしましょうか」

ふたりで移動を済ませる。

ヘルムートたちと十分距離を取ったところで、レイチェルが口を開いた。

「ねえ、ローズマリーは聞いてるの？」

「聞いてる？　なんの話？」

目を瞬かせる。ラインハルトの髪色を思わせる赤いドレスを着たレイチェルがムッとした顔で言った。

「理由よ、理由。ラインハルトったら、理由も説明せず『夜会では私の側ではなくウェッジウォード公爵令嬢の近くにいろ』なんて言うんだもの。意味が分からないったら」

どうやらレイチェルも詳細を聞かされていないらしい。

知っているようならこちらこそ教えてほしかったと思いながら、ワイングラスを口に当てる。中身は赤ワインだった。

「残念ながら聞かされていないわ。あなたと同じよ。自分たちからは離れているようにって。終わったら説明するとは言われているけど」

「それで素直に頷けるんだからローズマリーは偉いわよね。私、納得できなくてちょっとラインハルトと喧嘩《けんか》しちゃったもの。まあ、迷惑を掛けたくはないから従うけど、正直、今だって『なんでよ』って思ってる」

「分からなくもないけど、ヘルムート様は不要なことはおっしゃらないもの。今、話せないというのならそうなんだろうし、別に構わないわ」

心が離れたとか、浮気したとか、そうでないのなら何でも良いのだ。

そして、それはないと明言されているので、わりと心は落ち着いていた。

「いいじゃない。私たちは女同士話していましょうよ」

気が合う友人同士のおしゃべりは楽しいものだ。そう言うと、彼女も笑顔になった。

手に持ったワイングラスを傾ける。一口飲み、気を取り直したように言う。

「ま、そうね。文句を言っても仕方ないしね。あ、それはそうと、ローズマリーって昨日、一昨日とどうしたの？　遊びに行こうと思ったのに『面会謝絶』なんて言われちゃって、ちょっと心配していたのよね」

「面会謝絶？」

そんなの知らないと目を見開く。

「私はそんなことしていないわ。ただ、確かに一昨日は身動き一つ取れなかったし、昨日も安静にはしてたけど」

「そうなの？　でも身動きひとつ取れなかったって……大丈夫？」

心配そうにこちらを見てくるレイチェルに頷いた。

「ええ、もう平気よ。その……別に病気や怪我《けが》とかではなかったし」

「病気や怪我ではない……はっ！　それってもしかして！」

レイチェルの目が輝き出す。

否定するのも違うので、恥ずかしいと思いながらも肯定した。

「え、ええ。そういうことなの。あのね、例のファンディスクなんだけど、私が嫉妬しなかった代わりに、ヘルムート様が何故か嫉妬してしまってそれで……」

「えー!? 嫉妬からのお仕置きコースだったってこと？ 何それ、そんな展開あるんだ……って、ローズマリーってば嬉しそうね」

私が頬を染めていることに目聡《めざと》く気づいたレイチェルが指摘してくる。

それにコクリと頷いた。

「え、ええ。ヘルムート様に嫉妬されたことなんて殆どなかったから嬉しくて」

「へー。ラインハルトなんて死ぬほど嫉妬してくるけど。あいつ、すっごく心が狭いから、私が家庭教師と話しているだけで怒るのよね」

「そうなの？ あんまりそんな風には見えないけど」

「ローズマリーはラインハルトの本性を知らないだけよ。でもヘルムート殿下って、R18なお仕置きとかしてくるんだ。優しくて穏やかな人ってイメージだったからあんまり性欲とかないのかなって勝手に思っていたわ」

「……R18とは一言も言っていないんだけど」

「R18でしょ？」

「……」

誤魔化《ごまか》すようにワインを傾ける。気まずくて会場に目を向けると、アーノルド・ノイン公爵令息と一緒にいるウェンディを見つけた。バッチリと目が合う。

彼女は私たちに気づくと笑顔になった。アーノルド・ノイン公爵令息に断り、足早にやってくる。

「ふたりとも、見つけたわ！　こんなところで壁の花をしていたのね」

「え、ええ。ウェンディもきていたのね」

レイチェルは驚いていたが、ウェンディは公爵令息の婚約者だ。

アーノルド・ノイン公爵令息が出席するのならパートナーである彼女がくるのも当然だった。

「もちろん！　ね、外国からのお客様ってレイチェルたちのことだったのね。ファンディスクのことは気になっていたから、アーノルドから夜会の話をされた時は驚いたのよ」

どこか別の国の王子が来るのだと思っていたと言うウェンディに、レイチェルも同意する。

「それね。私が一番吃驚《びっくり》したわよ。向こうに戻るなり『来週、ローデン王国へ行く』だもの。まさかの私が掻き乱し役⁉　って」

「掻き乱したの？」

「そんなわけないでしょ」

楽しそうなウェンディに、レイチェルが憤然と答える。

ウェンディは「楽しそうなのに」と言ったあと、首を傾げた。

「ねえ、どうしてこんなところにいるの？　ふたりとも王子の婚約者なんだし、側についていないといけないんじゃない？」

「それはそうなんだけど……」

「その当人に離れてろって言われちゃったのよね」

私の後にレイチェルが続ける。

先ほどからヘルムートのいる辺りがガヤガヤとしているようで気になったが、近づくなと言われているのを思い出し、見ないようにした。

「あ、ちょっと」

レイチェルがワインをグッと呷《あお》り、近くを歩いていた侍従に声を掛けた。空になったグラスをトレーの上に載せる。

「これ、お願いね」

「かしこまりました」

「あ、私のもお願い……あ……」

レイチェルに倣って私もワイングラスを返そうと思ったが、何故か手から力が抜け、ワイングラスが滑り落ちた。

グラスの割れる甲高い音が会場内の穏やかな空気を引き裂く。

音に気づいた近くの人たちがこちらに注目する。

ああ、これはまずい、やらかしてしまった。

王子の婚約者がこんな場所で失態なんてヘルムートにどう謝れば良いのだろう。

そう思ったが、何故か急に胸が苦しくなってきた。

立っていられず、座り込む。

「えっ」

「ローズマリー⁉」

ウェンディとレイチェルの焦った声が頭上から聞こえるも、何も返せない。

苦しくて、言葉が出ないのだ。

胸を押さえていると、続いてやってきたのは猛烈な気持ち悪さ。

「……かはっ……！」

「キャアアアッ‼」

こちらを見ていた誰かが悲鳴を上げた。

私が吐き出したのは、血。

多量というほどではないが、それでもいきなり血を吐けば悲鳴だって出るだろう。

「ローズマリー⁉　ローズマリー‼　しっかりして！」

レイチェルとウェンディが私の名前を必死に呼ぶ。

なんでもない、大丈夫だと言いたい。だけど声が出ないし、力だって入らない。

座り込んでいることすらできなくて、その場に倒れる。

「ローズマリー‼」

愛しい人の声が聞こえる。

そう思ったのが最後。

私の意識は暗闇の中へと沈んでいった。

間章　ヘルムート視点

待たせはしたが、ようやくローズマリーに想いを告げ、私たちは恋人同士となった。

彼女は晴れて私のものとなり、結婚の正式な公示も出すことができた。

学園卒業後には王城に引っ越しもさせたし、あとは結婚式の日を待つだけ。

全ては順調。私はローズマリーと甘い恋人同士ならではの日々を楽しんでいたのだけれど——。

◇◇◇

「……どうするべきか」

執務室の椅子に座り、手元にある報告書類に目を落とす。

書類には、私が王位に就くことを反対している一派が良からぬことを企《たくら》んでいると書かれてあった。

その一派とは、幼い頃に私の毒殺、そして誘拐と殺害を企んだ弟を推す集まりのことだ。

当時犯行を企てたものたちは全員投獄してその罪を償わせたが、最近、その彼らがまた力をつけてきはじめた。

土地も財産も爵位さえ没収したというのに全く懲りていないようで、新たな仲間を迎え、私を亡き者にしようと企んでいる。

「懲りていないというか……いや、これは逆恨みだな」

全てを失った恨みを私にぶつけたい一心なのだろう。私に恨みを持つ者たちを巻き込み、新たな暗殺計画を練っている。

それをこちらに勘づかれているあたりお粗末なのだけれど、厄介なのは確かだ。

ローズマリーがこの話を知れば心配するだろうし、できれば結婚前に全てを片付けてしまいたい。

何か良い案はないものか。

「殿下、宜《よろ》しいでしょうか」

どうしようかと悩んでいると、侍従が入室許可を求めてきた。

許可を出す。中に入って来た侍従は書簡を携えていた。

「手紙？　誰からかな」

「メイソン王国のラインハルト殿下からです」

「ラインハルトから？」

ラインハルトからという言葉に、自然と語尾が上がる。

私の唯一の友人であるラインハルトは、あまり自分から連絡を取ってはこないのだ。

非常にクールな男で、そういうところも好ましいが、私としては物足りない。

ラインハルトはローズマリー以外では唯一、私の試し行動をクリアした男で、親友とも思っている。

そんな彼がローデン王国に来るという。

友好国への外遊とのことで、一応、二国間の関税について話し合うとの名目はあるが、慣れない他国で頑張る婚約者のストレスを解消させてやりたいというのが一番の理由らしかった。

「ラインハルトも婚約者には甘いんだな。ま、ずいぶんと惚《ほ》れ込《こ》んでいるようだから……そうだ」

そこで、ピンときた。

ラインハルトの来国を利用して、私を殺したいと願っている一派を一掃するのはどうだろうか。

他国の王子が来れば、歓迎の夜会が開かれるのは間違いない。

通常より人の往来も多く、腹に一物抱えたものが交じるのも容易だろう。

「……悪くない」

ラインハルトに迷惑を掛けるのは申し訳ないが、事前に話しておけば問題ないはず。

私は早速ラインハルトに「是非きてくれ」との返書をしたためた。

◇◇◇

来国予定日。

ラインハルトが婚約者を連れてやってきた。

彼の婚約者であるトッド嬢はローズマリーに会えたことが嬉しいようで、早速彼女に話し掛けている。

ローズマリーも作り物ではない笑顔で応じていて、ふたりの仲の良さが伝わってきた。

彼女たちは庭へ行くと言って出て行き、ラインハルトとふたりきりになる。

ついでだから計画についても話しておこうと、近くにいた兵士や侍従、女官たちを遠ざけた。

「話があるんだけど」

「……嫌な予感しかしないな」

手招きすると、ラインハルトは嫌そうな顔をしつつも近寄ってきた。

そんな彼に小声で、計画について話す。

歓迎の夜会を利用して私の命を狙う一派を釣り上げ、一掃するのだと告げれば呆《あき》れ顔《がお》をされた。

「お前……人の歓迎会をなんだと思っている」

「いいだろう、別に。私と君の仲じゃないか。それに同じことをされたとしても私は怒らないよ。それだけ私を信頼してくれているってことだからね」

信頼していない相手を巻き込もうなんて思わない。

親友とも思っているラインハルトだからこそ付き合ってもらおうと考えたのだ。

「お前……いや、何を言っても無駄だな。好きにしろ。だが、レイチェルを巻き込むことは許さない」

婚約者を巻き込むなという言葉に頷く。

「当たり前だよ。私もローズマリーを巻き込むつもりはないからね。夜会の時、わざと私の警備を薄めようと思うんだ。敵をおびき寄せるためにね。だから彼女には私の側には来ないよう言っておく」

危険な場所に置きたくないのでそう告げると、ラインハルトも同意した。

「どうせお前は私の側にいるつもりだろう。……分かった。レイチェルにも離れていろと言っておく。今回の計画についても知らせないようにしよう」

「助かるよ。話を聞けばきっと心配すると思うからね。私もローズマリーに理由は言わない。ただ、不審がられても困るから全部終わってから教えることにする」

「それが無難だな」

下手に勘ぐられて、計画に首を突っ込まれても大変だ。

理由はあるけど、今は言えない。後で教えると正直に言えば、ローズマリーも理解して大人しくしてくれるだろう。

彼女は行動力があるから、きちんと言い含めておかないとあとで大変なことになる。

たとえば、風邪を引いているのに毒を中和させる薬を持ってきたりとか。

「ひとりにするのも心配だし、ローズマリーにはトッド嬢と一緒にいるよう言い含めておくよ。君もそれでいいよね」

「ああ、ひとりよりふたりでいさせる方がいいだろう。変な虫も付きにくくなる」

「そうだね。ローズマリーは美人だから」

「レイチェルも可愛いぞ。ひとりにしておくと心配だ」

お互い、真顔で婚約者の心配をする。

どちらも相手に惚れきっているので、自分の目の届かないところにいられるのが嫌なのだ。

それでも今回は仕方ない。

なんの憂いもなく結婚式を迎えるために、今の内に不穏分子は一掃する。

「さっさと終わらせよう」

少しでも早くローズマリーの元に帰りたいと思いながら告げる。

友人からは「関係ないのに巻き込まれる私にねぎらいの言葉はないのか」と言われたので「さすが私の親友。頼りにしている」と本心から告げたが、何故かものすごく嫌そうな顔をされた。

◇◇◇

ラインハルト歓迎の夜会の日がやってきた。

ローズマリーは事前に頼んでいた通り、離れた場所でトッド嬢と一緒にいるようだ。

会話が弾んでいるらしく、遠目にも楽しそうなのが分かる。

「……だから嫉妬するって言ってるんだけど」

小さく呟く。

思った以上に苛立《いらだ》った声が出た。

ローズマリーの笑顔が見られるのはいいが、自分がもたらしたものではないことがどうにも腹立たしいのだ。

三日前にも似たようなことがあった。

ローズマリーは私のことなどほったらかしで、寝る直前までトッド嬢と一緒だったのだ。

トッド嬢の相手をしてほしいとお願いはしたが、そこまでしろとは言っていない。

嫉妬と怒りでキレた私は、お仕置きと称してローズマリーに媚薬を飲ませた。

その後、彼女も反省してくれて私も怒りを収めたのだけれど、また沸々と新たな怒りが湧いてきた。

「ヘルムート、顔が怖いぞ」

「……分かってる」

恨みがましくローズマリーを見ていると、ラインハルトに呆れ口調で注意された。

「レイチェルと一緒にいろと言ったのはお前だろう。それで怒るのは筋違いではないか？」

「分かっていても嫉妬心って抑えられないんだよね。知らなかったし知りたくなかったよ。こういうことは自制できるものだと思っていた」

「自制できるようなら、所詮、その程度の気持ちということだろう」

「君は腹が立たないの？　トッド嬢だってあんなにも楽しそうにしているのに」

ローズマリーと話すトッド嬢は満面の笑みを浮かべている。

ラインハルトだって許せないはずだ。そう思ったが、逆に苦言を呈された。

「こちらの頼みを聞いてもらっていて尚《なお》、妬くほど愚かではない」

「それって私が愚かだって言ってるように聞こえるんだけど」

「よく分かったじゃないか。その通りだ」

「親友に対して酷くない？」

もう少し言い方を考えてほしいと眉根を寄せる。

ラインハルトが笑った。

「こんなくだらないことに私を巻き込んでいるお前にだけは言われたくないな」

「あー、それは確かにそうなんだけど」

彼の為の夜会を利用している自覚はあるだけに、そう言われると言い返せない。

参ったなと思っていると、侍従がひとり近づいてきた。

侍従は銀のトレーを持っている。

会場では多くの侍従や女官が忙しく働いていて、出席者に飲み物を運んだり、食事用スペースに軽食を並べたりしている。彼もそのうちのひとりなのだろう。

持っているトレーの上にはたくさんのワイングラスが載っていた。

「殿下、ワインは如何《いかが》ですか？」

「ああ、そうだね。もらおうか。ラインハルトもどう？」

「……私は遠慮しよう」

正気か、という目で見られたが、にっこり笑って返しておく。

ラインハルトは溜息を吐き「好きにしろ」とだけ告げた。

ワイングラスを受け取り、ひと息に飲み干す。

中身は赤ワインだったが、それなりの味がした。

引き続きラインハルトと話す。

侍従は少し離れた場所に移動しつつ、こちらを窺っている。その顔が、時間が経《た》つにつれて困惑を帯びたものに変化していった。

「ふ、ふふっ……」

堪らず噴き出すと、ラインハルトが眉を寄せた。

「お前、相変わらず性格が悪いな」

「いや、だって面白いから。君だってそう思うだろう?」

ラインハルトに答えながら、私は悠然といまだ困惑している侍従のもとへ歩いていった。

微笑《ほほえ》みを浮かべ、空になったワイングラスを彼の持つトレーの上に載せる。

「美味しかったよ、ありがとう」

「え、あ、は、はい……」

侍従が「あれ」という顔をしている。

まるで私が笑っているのがおかしいというような表情だ。そんな彼に告げた。

「――せっかく毒入りのワインを用意してくれたみたいだけど、悪かったね。幼い頃から大概の毒には身体を慣らしているんだ」

「えっ……」

毒という言葉に、侍従がギョッと目を見開く。

動揺しすぎたのかトレーが傾き、載っていたワイングラスが全部落ちた。

ガチャンガチャンという聞くに堪えない音がし、近くにいた人たちが何事かとこちらに目を向ける。

侍従を見据える。

見たことのない男だ。きっと雇われただけなのだろう。

だが実行犯であることは確かだ。命令を下したものが誰なのかも知りたいし、捕らえておく必要がある。

「長年の成果かな。飲めばどんな毒が使われているのかも分かるんだ。これは飲んで五分くらいで効果が出るタイプ。血を吐き、その後はじわじわと内臓がやられていくんだ。処置をしなければ半日程度で命を落とす、わりと性質《たち》の悪いものだね。私が最初の頃に慣らした毒でもある」

「……」

淡々と語れば、侍従は顔を青ざめさせた。

「この毒なら摂取したところで、私の身体に影響はないよ。もっと他のものを用意すべきだったね」

他の毒を用意されたところで、結果は同じだけど。

子供の頃、風邪で寝込んだことを思い出す。

あの時、薬と偽り、毒を処方された衝撃は忘れていない。

幸いにもローズマリーが訪ねてきたことと偶然が重なって毒を飲むのを回避できたが、一歩間違えれば、生死の境をさまよう羽目になっていた。

ローズマリーからウェッジウォード公爵家に伝わる秘薬はもらっているが、今後何があるか分からない。

慣らしておくにこしたことはないと、長年、毒に対する訓練をしてきたが、それが今回生かされた形だ。

今では殆どの毒に対して、抗体がある。

ラインハルトがやってきて、呆れたように言った。

「たとえ抗体があったとしても、毒と分かって普通は飲まないだろう。近づき方も怪しかったし、この侍従が何か企んでいたのは明白。それでワイングラスを平然と呷るのだから驚きだ」

「そう？　飲んだ方が確実だろう？　未遂じゃ罪状は軽くなる。実行してもらわないとと思ったんだよ」

罪状を重くしたかったのだと笑って告げると、それまで恐怖で固まっていた侍従が「ひぃ！」と叫んで身を翻した。

「その男を捕らえろ」

静かに告げる。私の言葉に、予《あらかじ》め潜ませておいた武器を持った兵士が何人も姿を現した。侍従は抵抗したが、すぐに捕まえることができた。

私が死ぬのを近くで見たかったのだろう。仲間と思わしき者も何人かいたが、彼らも皆、慌てて逃げ出していた。

そういう人間が出ることは推測できていたので、そちらも問題なく捕らえていく。

彼らを尋問に掛ければ、残りの面々も捕縛することができるだろう。

今回の件と無関係な出席者たちが、心配そうに私たちを窺っていた。

呆気《あっけ》なく問題が片付いたことにホッとしていると、少し遠くから「きゃあ‼」という声が聞こえた。

何故か猛烈に嫌な予感がして、そちらを向く。

いつの間にか、広間の隅に人だかりができていた。

声が聞こえる。

「ローズマリー⁉　ローズマリー‼　しっかりしてよ！」

泣きそうな声が紡いだ名前は、私の婚約者のものだった。

ハッとし、そちらに駆け寄る。

異変を察知したラインハルトも私に続いた。

「ローズマリー‼」

何があったのかと大声で彼女を呼び、人だかりの中へと飛び込む。

私に気づいた人々が慌てて道を空けた。

「⁉」

人だかりの中心地。そこには床に倒れ伏すローズマリーがいた。

「ローズマリー！　どうしたんだ⁉」

彼女の側に膝をつき、必死に声を掛ける。

同じく彼女の側にいたトッド嬢が「分からないんです」と涙混じりの声で言った。

「私たち、話していて……その時は普通だったんです。でも、ワイングラスを返そうとした時にグラスを取り落として……何故か血を吐いて……」

「血？」

ローズマリーの倒れた床を見れば、確かに吐いたあとがあった。

ワインと……トッド嬢の言う通り、血が混じっている。

「……これを、ローズマリーが？」

「はい。そのあと倒れて――」

今の状態なのだと泣きながらもトッド嬢が説明してくれる。

彼女の隣にはカーター嬢もいて、同じく酷く泣きじゃくっていた。

ローズマリーの身体を起こす。

彼女はぐったりとしていて、意識がないようだった。

その様子を見て、舌打ちをしたい気持ちに駆られる。

――ローズマリーも狙ったのか。

苦々しい思いでいっぱいになった。

彼女が倒れたのは、間違いなく私を狙った一派のせいだ。

「……毒か」

低く呟く。

ローズマリーの症状は私が飲んだ毒と同じだし、ワインを飲んだとの証言もある。

彼らは私だけではなく、婚約者であるローズマリーの命も同時に狙っていたのだ。

――どうして。ローズマリーは関係ないだろう。

彼らが排除したいのは私のはずだ。

そう思ったからこそ、今日の夜会ではローズマリーを遠ざけたのだ。近くにさえ置かなければ、無関係な彼女は狙われないと踏んで。

友人も一緒にいる。これで大丈夫だろうと油断していた。

ローズマリーを狙ったところで、彼らに利益は何もないと考えた私のミスだ。

「くそっ……」

悔しさが言葉として洩れる。

ローズマリーを狙われたことに、自分でも驚くほどの強い怒りを感じていた。

何故、どうしてという言葉がぐるぐると頭の中を回るも、なんとなくその理由は察していた。

私が彼女を溺愛しているのはすでに皆の知るところだから、失敗した時の保険に使ったのだろう。

私を殺し損ねてもローズマリーが死ねば、ダメージを与えられると踏んだのだ。

そしてそれは間違いではない。

ローズマリーは私が唯一愛した女性。

彼女なしでこの先の人生を歩める気がしない。

目の付け所がいいと彼らを褒めるべきなのか、悩ましいところだ。

話を聞いていたトッド嬢が唇を噛みしめる。

「どうして……ワインなら私も飲んだのに、ローズマリーだけ……」

「狙いはお前ではなかったというだけだ。お前が気に病むことではない」

「でも……！」

ラインハルトが己の婚約者の肩を抱き寄せる。

カーター嬢の側にもノイン公爵令息が来て泣きじゃくる彼女を慰めていたが、彼らに意識を向ける余裕はなかった。焦りを滲《にじ》ませながら告げる。

「今、助けるから」

首から掛けていたペンダントを外し、ペンダントトップの蓋を開ける。

中には錠剤《じょうざい》が一錠入っていた。

それを己の口に含み、意識のない彼女にキスする。

周囲からどよめきが起こったが気にしない。

後頭部を少し下げさせ、少し口が開いたところに捻じ込む。ついでに唾液を流し込んでやれば、しばらくして彼女はコクンと嚥下した。

「……よし」

錠剤を飲み込んだことを確認し、唇を離す。

ホッとしていると、事態を知った私の両親やローズマリーの両親が駆けつけてきた。

私の腕の中にいるローズマリーを見て、絶句している。

「ローズマリー……」

彼女の母親なんかはショックで、娘の名前を呼ぶのが精一杯という有様だ。それを公爵が支えている。

彼らに声を掛けようと思っていると「毒」という言葉を聞き、いち早く動いていた侍従や兵士たちが駆け戻ってきた。必死の形相で告げる。

「ヘルムート殿下！　医師を手配しました‼　ローズマリー様をお部屋に……！」

周囲がハッとする。慌てる彼らを尻目に、私はひとり冷静に口を開いた。

「いや、大丈夫だ。毒の対処は終わっている」

「え……？」

「もうすぐ中和剤が効くだろう」

皆がポカンとした顔で私を見る。

ウェッジウォード公爵だけは私の言葉の意味を理解したようで、大きく目を見開いていた。

「……殿下。まさか」

「ああ、その通りだ」

公爵の言葉に頷きを返す。

先ほどローズマリーに飲ませたのは、私が十才の頃に彼女からもらったもの。

風邪を引いた私の元にやってきた彼女が何故か渡していった、ウェッジウォード公爵家に伝わる秘薬だったのだ。

どんな毒も中和するというその薬を、あの日から今日という日まで、出掛ける時は必ず身につけるようにしていた。

——まさかそれがこんなところで役立つなんてね。

毒の中和は早ければ早いほどいい。早ければ後遺症があったとしても軽くて済むからだ。

だが、ローズマリーはまだ目を覚まさない。ウェッジウォード公爵家の秘薬を信じてはいるけれど、何の反応もないと、不安な気持ちに駆られてしまう。

堪らずウェッジウォード公爵に話し掛けた。

「公爵、薬はどれくらいで効果が出る？」

「即効性ですので、数分もすれば毒は中和されるかと」

すらすらと答えてくれる公爵の目には安堵が滲んでいた。

己の家の秘薬に絶対の自信があるのだろう。

娘が助かると信じて疑っていない顔だった。それを見て、抱いていた不安が消えていくのが分かった。

――大丈夫、ローズマリーは助かる。

「……殿下にそれをお渡ししていて良かった」

公爵が心から告げる。私も彼に同意した。

「私もまさかこんな風に使うことになるとは思わなかったよ」

「そうですね。もし返せと言っていたら、今頃私はその発言をひどく後悔したことでしょう」

「すぐさま取りに走ってくれるだろうから、そこまで後悔することにはならないと思うけどね」

自身の娘のためなのだ。

公爵は全速力で秘薬を取りに戻っただろう。だが公爵は首を横に振った。

「いえ、どれだけ急いでも一時間は掛かります。毒の中和は早い方が良い。後遺症の有無にもかかわってきます。飲んですぐに対処できたのなら後遺症もなく、すぐにでも娘は回復するでしょう。本当にありがとうございました」

「別に君のためではないよ。私は私のためにローズマリーを助けたんだ」

彼女がいないと、私はもうダメだから。

共に生きてくれないと困るから、助けたのだ。

「……う」

「ローズマリー？」

小さな呻《うめ》き声《ごえ》と身体を捩《よじ》る動きに気づき、我に返る。

腕の中にいるローズマリーの名前を呼んだ。

彼女はギュッと眉を寄せたあと、ゆっくりと目を開けた。

「え……ヘル、ムート様？」

自分がどういう状況にいるのか分かっていない様子だ。だが苦しそうには見えないし、どこかが痛む感じでもない。

きっと秘薬がその真価を発揮したのだろう。心から安堵し、できるだけ優しく声を掛けた。

「目が覚めた？」

「……へ？」

きょとんとし、目を瞬かせるローズマリーだが、徐々に思い出してきたのか、ハッとした表情になった。

「そ、そうだわ、私……ワインを飲んで……」

「そう。君は毒入りワインを飲んで、倒れたんだ」

「毒⁉」

驚くローズマリーに説明をする。

私に巻き込まれて毒を飲まされたのだと告げると、彼女はパッと身体を起こし、私に縋《すが》った。

「そ、それって！　ヘルムート様は大丈夫だったのですか⁉　ヘルムート様が狙われたんですよね⁉」

「……大丈夫だよ」

こんな時まで私のことを心配する彼女に、胸の奥が温かくなった気がした。

いつだってローズマリーは私のことを想ってくれるのだ。

そんな彼女が愛おしくてたまらない。

「私は平気だし、くだらない企みをした者たちは全員捕らえた。君に毒入りワインを渡した者も――うん、大丈夫。捕らえているよ」

目線で近くにいた兵士に確認すると、強く頷きが返された。

獲り逃《のが》しはないようで安心した。ローズマリーに毒酒を呷《あお》らせた者を放置するなどあり得ない。

「そ、そうですか。でも、どうして私は無事だったのでしょう」

「それは君のお陰かな」

「私の？」

心当たりがないという顔をするローズマリーに頷いてみせる。

「子供の頃に君がくれた秘薬を使ったんだよ。お陰で君は回復したってわけだ」

「秘薬って……え、あれ、まだ持っていたんですか？」

「もちろん。君がくれたものだからね。肌身離さず持っていたよ」

「……」

ポカンと口を開けて私をまじまじと見ていたローズマリーだが、我に返ったように「なんてこと」と呟いた。

「ローズマリー？」

「い、いや、だって……ヘルムート様にもしものことがあった時のために使っていただこうと思っていたのに、まさかの私に使うなんて……こんなの本末転倒だって……」

悔しそうに告げるローズマリーを凝視する。

呆れた気持ちになってその額を指で弾いた。

「え、ヘルムート様？」

「あのねえ、本末転倒って……そんなわけないよね。私の何より大事な君が助かったんだ。本当に薬をもらっておいて良かったと思ったし、あの日、薬をくれた君に心から感謝したよ」

「……っ」

こちらを見上げるローズマリーの顔がじわじわと赤くなっていく。

そんな彼女を抱きしめた。

「何事もなく目覚めてくれて本当によかった。大丈夫？　痛いところは？　身体におかしなところはない？」

「あ……ありません」

蚊の鳴くような声で答えるローズマリー。恥ずかしいのか、顔を俯《うつむ》かせてしまった。

「君が倒れたのを見た時は、生きた心地がしなかったよ。本当に無事でよかった……。これなら私が倒れた方がマシだったよ」

倒れるローズマリーを見た時、冗談ではなく心臓が握り潰されるかという心地がしたのだ。

私の言葉を聞いたローズマリーが顔を上げる。

「いいえ、私で良かったです」

「ローズマリー？」

「だってヘルムート様がいなくなったら……私、生きていけないから」

そう告げるローズマリーの顔は真剣だ。彼女も私と同じように思ってくれていることが嬉しくなる。

「……それは私の台詞《せりふ》だよ。愛してる、ローズマリー。だから二度と『自分で良かった』なんて言わないで。君を失ってまでこの世界に生きる理由なんて私にはないのだから」

「ヘルムート様……」

ローズマリーを強く抱きしめる。

腕を緩めると、彼女が目を赤くして私を見ていた。その顔に己の顔を近づける。

「愛してるよ」

「……私もです」

唇に温《ぬく》もりが触れる。

その温もりを感じながら、私は本当に彼女が無事で良かったと心から思うのだった。

終章　悪役令嬢なんて知りません！

大捕物劇が行われた波乱の夜会は幕を閉じた。

あのあとヘルムートから詳細を聞かされ、他国の歓迎の夜会を利用するなんて許されるのかと青ざめたが、どうやらラインハルトも承知の上で行われたようだと聞いてホッとした。

その数日後にはラインハルトとレイチェルが帰国。

帰国予定日はまだ先だったが、レイチェルがわりとショックを受けていたこともあり、緊急帰国したのだ。

彼女は何も悪くないのに巻き込んでしまって本当に申し訳ないことをした。

帰国直前、まだ顔色を悪くしていたレイチェルとお別れの挨拶と再会の約束をしたが、次に会う時は元気な顔を見せてほしいと思う。

とにかくこれにて、全く展開の違ったファンディスクは完全に終わり。

ヘルムートの逆嫉妬に毒酒事件。

レイチェルたちから聞いた、ちょっとしたカップルのモダモダ的展開とは何もかも違って驚いたが、終わりよければすべてよし。

皆、日常へと戻っていった……のだけど。

なんと、私は自室のベッドで大人しくする羽目になっていた。

秘薬のお陰で後遺症もなかったのだが、念のためにと心配したヘルムートによって寝室に放り込まれたのだ。

私が外出できなかった期間にヘルムートの命を狙っていた者たちの処分が行われていたと後で聞いたから、多分、わざとだったのだろう。

私に見せないために、この時期を選んだのだ。

残党も全て捕らえられ、ヘルムートを狙う一派は今度こそいなくなった。

それに伴い、彼の弟は王位を継ぐ意志がないことを公式に発表した。

何度も兄が狙われることを第二王子も快く思ってはいなかったのである。

国王となった兄を支えることが自分の望みだとはっきりと告げたことで、彼をヘルムートの代わりにと考える者も減っただろう。

とはいえ、ゼロにはならないのだけれど、何も言わないよりは公言してしまった方がいいというのは私も賛成するところである。

◇◇◇

「ドキドキするわ……」

プリンセスラインのウェディングドレスに身を包み、胸を押さえる。

時は瞬く間に過ぎ、ついに今日は私とヘルムートの結婚式だ。

私がいるのは、王城の近くにある大聖堂。

ローデンの王族は、この大聖堂で挙式をすることと昔から決まっている。

その控え室で私は椅子に座り、ひとりヘルムートが迎えに来るのを待っていた。

「……」

脳裏に浮かぶのは、先月あったメイソン王国での結婚式だ。

結婚したのはもちろんレイチェルとラインハルトで、その挙式には私もヘルムートと共に参列し、ふたりを祝福した。

彼らはとても幸せそうで、見ているこちらまで幸福になれるような良い式だった。

そしていよいよ私の番となったわけなのだけれど、あまりに楽しみにしていたからだろうか。緊張しすぎて大変なことになっていた。

「……うう、緊張が取れない」

挙式時間が近づくにつれ、逆に緊張が高まっている。

すでに準備は万全。

ウェディングドレスにロンググローブ、キラキラ輝くダイヤモンドのアクセサリーも身につけ、ヴェールだって被った。

メイクも完璧で一分の隙もない。

我ながら堂々たる花嫁ぶりだとは思うが、その当人といえば、緊張に震えているのだ。

今までこんなことはなかったのに、やはり結婚となると特別なのだろうか。

「こんなことなら、女官たちに残ってもらえばよかった」

先ほど準備ができたからと退出していった女官たちを思い出す。

ひとりでなかった時はそこまで緊張もしていなかったのだ。彼女たちが出て行った途端、無意味に緊張感が増してきた。

「ローズマリー、用意はできた？」

吐きそうだと思っていると、控え室の扉がノックされた。

「は、はい！」

ヘルムートが来たのだと気づき、返事をする。

椅子から立ち上がったのとほぼ同時に扉が開いた。

ヘルムートが姿を見せる。

「あ……」

「ああ、やっぱり綺麗《きれい》だね。君には白が似合うとずっと思っていたんだ」

嬉しそうにこちらを見つめるヘルムートだが、私の方こそ彼に見蕩《みと》れていた。

ヘルムートの格好はローデン王族正装である白い軍服。

詰め襟の白軍服姿は、前世で一目惚《ひとめぼ》れした時のもので、現実で拝むことになった私は思わず口元を押さえた。

——か、格好《かっこ》いい……！

真っ白な軍服が冗談抜きに眩《まぶ》しかった。

金色の縁取りと釦《ぼたん》が白色のアクセントとなって、ストイックさの中に華麗さまでも表現することに成功している。

飾緒《しょくしょ》と大綬《だいじゅ》に目が行く。憧れの軍帽も被っていた。

「……」

何も言えず、ただただヘルムートを凝視する。

いつも美しい尊顔が今日は輪を掛けて輝いていた。

澄んだ湖を思い出させる青色が優しく私を見つめている。

「どうしたの、ローズマリー」

「い、いえ、あの……すごく素敵だなって」

緊張なんて一瞬で飛んでいってしまっていた。それくらいヘルムートの正装は迫力があったのだ。

前世で憧れ続けたあの姿が目の前にあるという事実に胸が熱くなる。

しかも私と結婚するために着てくれているのだ。

感動しないはずがないだろう。

――ううう、嬉しい……！

この姿を見るために今まで頑張って来たとまでは言わないが、見たいと思っていたのは事実だ。

陶然とヘルムートに見入っていると、彼は照れたように笑った。

「そんなに見つめないでよ。今日は君の方が主役なのに」

「私にとっては間違いなくヘルムート様が主役です。その……本当にすごくすごくお似合いです」

すごくのところに力が入ってしまった。

ヘルムートが苦笑する。

「うん。君が本気で言っているということはよく分かったけど、そろそろ時間だよ。挙式会場へ向かおうか」

「……はい」

もう少し眺めていたかったところだが、仕方ない。

「あ、待って」

ヴェールを下ろそうとすると、止められた。

ヘルムートを見る。彼は楽しげに手を伸ばし「私が下ろしてあげる」と言ってヴェールを下ろした。

「あとで上げるのも私なんだけどね。なんとなく、やりたいなと思ったんだよ。さ、お手をどうぞ」

手袋に包まれた手を差し出され、その上に己の手を重ねた。

近くに置いてあった薔薇のブーケを持ち、彼のエスコートで歩き出す。

控え室から出れば、正装した警備の兵が何人も廊下に並んでいた。

その中を進んでいく。

ヘルムートが前を見ながら口を開いた。

「ねえ、ローズマリー。今から結婚するわけだけど、その前にひとつだけ言っておこうと思うんだ」

「なんでしょうか」

ヘルムートを見上げる。

ヴェール越しでは彼の表情はよく見えない。

彼はこちらに顔を向けると、普段通りの何気ない口調で言った。

「――死ぬ時は連れて行くよ。それが私の愛だから」

「……え」

ヴェールの奥で目を見開く。

ヘルムートの視線を強く感じた。ヴェールがあっては表情までは窺えないが、たぶん、試すような顔はしていないのだろう。

試しなんかではない。彼は本気で言っている。

「はい」

驚きはしたが、悩むことはなかった。笑顔で返事をする。

「連れて行ってください」

本気でヘルムートがそうしたいのなら、私が断るはずもない。

それに、思うのだ。

ヘルムートのいなくなった世界で、そもそも私は生きていけるのだろうか、と。

無理だ。生きていけるはずがない。

それなら一緒に連れて行ってほしい。

最期の時を彼と共に迎えられるというのは、私にとっては何よりの福音なのだ。

「……いいの？　私は本気で言ってるけど」

気負わず頷いた私に、ヘルムートの方が怪訝な顔をしてくる。

もしかして躊躇されるとでも思ったのだろうか。

だとしたら彼は私を舐めている。そんなことあるはずもないのに。

「もちろんです。置いて行かれる方が困りますから」

「……そうか」

「はい。ですから、ちゃんと連れて行ってくださいね」

「ああ、必ずそうしよう」

声の響きがひどく嬉しそうだ。

挙式が行われる場所へ着いた。薔薇の間と呼ばれるその部屋は普段は閉められていて、今日のような大きな式典がある際にのみ使用される。

千人以上収容可能だというのだからびっくりだ。

薔薇の間の扉が音を立てて開かれる。

中は薄暗く、神聖な雰囲気があった。

天井にはステンドグラスがあり、日が差し込んでいる。その部分だけが明るかった。

ステンドグラスは薔薇の花の形をしており、ここがどうして薔薇の間と呼ばれるのかが分かる。

大勢の参列者が並ぶ中をしずしずと歩いていく。

途中、ウェンディやレイチェルの姿が見えた。彼女たちには招待状を送っていたが、出席してくれたようだ。

両親や国王夫妻、第二王子といった面々もいる。

赤絨毯が敷かれた道の先には宣誓台があり、その前では大聖堂の管理者が待っていった。

彼が式典を進行するのだ。

挙式は何事もなく進み、最後、誓いのキスをする時がやってきた。

ヘルムートが先ほど自ら下ろしたヴェールを上げる。

唇が触れる直前、彼は私にだけ聞こえる声で言った。

「――さっきの話だけどね。それはそうとして、できるだけ長生きはしたいと思っているんだよ。君と長く幸せに過ごすことが私の望みだから」

「え」

「そんな感じでいこうね」

返事をするより先に熱が押し当てられる。

ヘルムートが離れ、あっという間に誓いの口づけが終わってしまった。

目を開ければヘルムートは今まで見たことがないくらい幸せそうに微笑んでいる。

それを見た私も笑い、先ほどの答えを告げた。

「はい。私もヘルムート様と長く幸せに生きたいです」

たとえようもないほどの幸福感が私を包んでいた。

私の答えを聞いたヘルムートが、たまらないというようにもう一度口付ける。

参列者はどよめいたが、気にならない。

二度目の誓いのキスを終え、ふたり目を合わせて笑顔で言い合った。

「愛しているよ、ローズマリー」

「ヘルムート様、私も愛しています」

きっと私たちは幸せになれるのだろう。

式を終え、ヘルムートと共に大聖堂から外に出る。

集まっていた国民たちが、私たちの登場にわっと湧いた。

空を仰げば、綺麗な青が広がっている。

そんな中、私は手に持ったブーケを皆に向かって笑顔で放り投げ、ヘルムートと笑い合った。

これが『恋する学園』のエンディング。

ヒーローであるヘルムートとヒロインが結婚式で微笑み合う一枚絵。それで『恋する学園』のヘルムートルートは終わる。

誰にも文句を言わせない完璧なハッピーエンドだ。

とはいえ、私は悪役令嬢であってヒロインではないのだけれど。

でも、そんなの知らない。

ヒロインとか悪役令嬢とかどうでもいいし、知るものかとはっきり言える。

私はローズマリー・ウェッジウォードというひとりの人間で、今はヘルムート・ローデンの妻。

それ以外の何者でもないし、それ以外の者になる予定もないからだ。

あとがき

こんにちは、月神サキです。

ガブリエラブックスの新作、お手に取っていただきありがとうございます！

今回は、前回のお話『隣のモブ』のスピンオフとなりました。

このお話だけで分かるように書いていますが、前作を知っているとより楽しいのではないでしょうか。

前作のあとがきでもヘルムートの方がキャラとしては書きやすいと言いましたが、実際その通りでした。

本当に……なんって書きやすいんだ、ヘルムート！

初稿を書く時は、一日一万字をノルマにしているのですが、今回の話は書きやすすぎて、毎回昼過ぎには仕事が終わっていました。

キャラを把握するのが一瞬だったんですよね。

こういうキャラは大得意！

ローズマリーも分かりやすい子だったので本当に楽でしたし、終始楽しく執筆できました。

今回のお話ですが、書こうと思った切っ掛けが、イラストレーターの先生がヘルムートとローズマリーのふたりを気に入って下さっていたから。

丁寧な感想をくださったのですが、そこにふたりへの熱い想いが書かれていて、読んでいるうちにすっかりその気になっちゃったのですよね。

作家、だいたいそんな感じであっさり続編書いたりする。

まあ、他に需要がなければどうしようもないんですけど、幸いにも今回はＯＫをいただけたので、実現することができました。

皆様もこの話の続き読みたいなとか、そういうのがあったら感想を送ってみてはいかがでしょうか。

ちなみに私は気づかれたとは思いますが、だいぶちょろいです。

いやあ、ははは。白軍服のヘルムートを先生のイラストでどうしても見たかったんですよ。

軍服が性癖なもので、ご褒美が待っていると思うといくらでも頑張れます。

実際カバーラフの軍服ヘルムートを見て、スピンオフ、書いて良かったと思いましたよね。

軍帽と手袋。完璧じゃないですか！

そしてあの甘やかな視線!!（歓喜）

床にのたうち回り、奇声を上げてしまったくらいには嬉しかったです。

挿絵も素晴らしかったです。

個人的に一番好きなのは、涙を流すローズマリー。

あのシーンは実は初稿を書きながら、絶対にいると思い付け足したシーンだったのですが、大正解だったと思いました。

長年の我慢が決壊するローズマリー……可哀想だし可愛い……。

作者としては「あんな男でいいのかい？　めちゃくちゃ性格悪いぞ？　お勧めは……しにくい」と思うのですが、彼女はヘルムートが大好きなのでこれで良いのでしょう。

前作ともに楽しく書けたお話でした。

なおやみか先生、前作と今作、イラストを担当していただきありがとうございました。

特にカバーイラストは私にとってご褒美でしかありませんでした。

とても素晴らしい白服軍服でございました……。マジで白飯五杯はいける。


さて、そろそろですね。

最後になりましたが、今作をお手に取ってくださった皆様に感謝を込めて。

いつもありがとうございます。

また機会がありましたら、その際はよろしくお願いいたします。

月神サキ

ガブリエラブックスをお買い上げいただきありがとうございます。
月神サキ先生・なおやみか先生へのファンレターはこちらへお送りください。

〒110-0016　東京都台東区台東4-27-5（株）メディアソフト
ガブリエラブックス編集部気付　月神サキ先生／なおやみか先生　宛

gabriella books

MGB-132

悪役令嬢!?　それがどうした。
王子様は譲りません!!

2025年3月15日　第1刷発行

著　者　月神《つきがみ》サキ

装　画　なおやみか

発行人　沢城了

発　行　株式会社メディアソフト
〒110-0016
東京都台東区台東4-27-5
TEL：03-5688-7559　FAX：03-5688-3512
https://www.media-soft.biz/

発　売　株式会社三交社
〒110-0015
東京都台東区東上野1-7-15
ヒューリック東上野一丁目ビル３階
TEL：03-5826-4424　FAX：03-5826-4425
https://www.sanko-sha.com/

印　刷　中央精版印刷株式会社

フォーマットデザイン　小石川ふに（deconeco）

装　丁　吉野知栄（CoCo. Design）

ISBN 978-4-8155-4358-7